蛇笏・龍太の山河

四季の一句

福田　甲子雄編著

山日ライブラリー

目次

※本文の表記は、二〇〇一年時点のものです。

一月

わらんべの溺《おぼ》るゝばかり初湯かな　蛇笏

わらんべは子供のこと。この句の場合は幼い子供がいい。正月の最初に入る風呂《ふろ》には湯気がもうもうと立ちこめて、浴そうから湯があふれ出ている。子の頬《ほお》は真っ赤で口の辺りまで湯がきらめいて幸福感があふれる。

昭和6年作

初夢のなかをわが身の遍路行　龍太

正月二日の夜に見る夢を初夢とする所が多い。めでたい吉夢は「一富士、二鷹、三なすび」の順。真っ白な巡礼着をまとった龍太師の遍路姿にめでたさは浮かんでこない。哀《かな》しみを曳《ひ》いた後ろ姿が、霧のなかに見えてくるのみ。

昭和56年作

門前の雲をふむべく年新た　蛇笏

門の前には濃い靄《もや》がおりていて、新年にふさわしい幽玄な雰囲気のある元日。雲をふむべく、と表しているが、現実には靄か霧であったろう。蛇笏俳句の美学として雲は欠かすことのできない山峡の風土を表現する手段である。

昭和15年作

かるた切るうしろ菊の香しんと澄み　龍太

正月に家族や友だちと百人一首やいろはかるたを取ったことを思い出す。現在は核家族となり、かるた遊びも少なくなった。かるたを切って読む後ろから菊が匂《にお》う。一瞬緊張した静けさの中に、懐かしさが漂ってくる。

昭和50年作

破魔弓や山びこつくる子のたむろ　蛇笏

正月の神社に参拝すると厄除《やくよ》けの縁起物、破魔弓を授かる。手にして石段を降りると、子どもたちの何人かが大声をあげ遊んでいる。その声が山に木霊《こだま》して神社にかえってくる。山村の長閑《のどか》な正月風景を見事に描く。

昭和2年作

鏡《かがみ》餅《もち》わけても西の遙《はる》かかな　龍太

床の間には大きな鏡餅が供えられている。一歩外に出ると西空には、山脈が寒気の中に堂々と連なる。人間にとって西の方向は昔から西方浄土、西方極楽、西方十万億土であり、手を合わせ念仏を唱える。遙かな思いがそこにある。

昭和59年作

炉がたりも気のおとろふる三日かな　蛇笏

正月も三日になると炉端を囲んでの団欒《だんらん》の会話も少なくなってくる。しっとりとした炉火のぬくもりに頬《ほお》を染めながら、話の種も尽きて気が入らないのが三日。翌日からは仕事始めとなる人が多い。

昭和三年正月三日の感慨。

昭和3年作

山光る餅《もち》の白さも幾夜経て　龍太

正月の餅をついてから幾たびの夜が過ぎていったであろう。平穏な正月も瞬く間に過ぎて、残っている餅の白さが目にしみる。外に出ると白根三山が正面に真っ白に輝いていた。時の流れのなかに山も餅もただただ白い。

昭和43年作

冬瀧《ふゆたき》のきけば相つぐこだまかな　蛇笏

まだ凍らずにこだまを響かせて滝が落ちている。飛沫《しぶき》が周囲の枯草に氷柱《つらら》を宿す。滝音を聞き入る作者の姿がありありと見えてくるのは、「きけば」の言葉にある。力強く厳しいなかに静寂さがある作。

昭和17年作

梅漬の種が真赤ぞ甲斐の冬　龍太

こたつで足を温めて飲む朝茶に欠かすことができないものは甲州小梅の漬物。新聞を開くと印刷の匂《にお》いがぷうんとする。口の中の梅漬がかりっと音をたてる。お盆の隅に真っ赤に染まった種が二粒。まさに真冬の甲斐の色ではないか。

昭和52年作

雪峡《せっきょう》にしづもる家族薺粥《なずながゆ》　蛇笏

今日は正月七日、七草の若菜で粥を炊いて祝う朝。雪で盆地の峰々は真っ白にそびえ立つ。そんな山々が迫る谷間《たにあい》の村。五人の男子の二人が戦死、一人が病死。七種粥《ななくさがゆ》の朝餉《あさげ》を囲む家族を見わたす目に寂しさが見える。

昭和29年作

ふるさとの楢山《ならやま》夢の粉雪《こゆき》舞ひ　龍太

飯田家の裏は狐川《きつねがわ》が流れ橋を渡ると楢山である。幼年時代から遊んだ楢山に音をたてて粉雪が降ってきた。何時《いつ》か、こんな光景を夢に見たことがあった。楢の落葉にさらさらと音をたてて降る雪の音が耳に残る。

昭和39年作

ある夜月に富士大形《おおぎょう》の寒さかな　蛇笏

富士吉田方面で見た富士であろう。寒さも驚くばかりであるが、富士の山容の大きさに感嘆の声をあげている。今から八十年以上も前に、「ある夜」と表現した斬新《ざんしん》さに蛇笏俳句の創造姿勢が鮮明に見える。このとき二十九歳。

大正3年作

寒の蕗《ふき》水の日向《ひなた》を流れけり　龍太

寒中の蕗《ふき》の薹《とう》は風味がよく大根おろしなどで食べると春の香りが満ちあふれる。渓流の日向にいると、上流から緑のふくらんだ蕗の薹が流れてきた。寒中であるが一歩一歩季節は春に向かって進んでいることを知る。二十五歳の作。

昭和20年作

五指の爪《つめ》玉の如くに女《め》正《しょう》月《がつ》　蛇笏

女正月は十五日の小正月のこと。松も過ぎて正月の多忙さから解放される主婦の休養日。水仕事から離れ手の爪は真珠の玉のように輝いている。そうであってこそ女性の美しい真の女正月というものではないのかと。

昭和28年作

父母の亡き裏口開いて枯木山　龍太

父蛇笏は昭和三十七年十月三日、母菊乃は同四十年十月二十七日に世を去った。裏の木戸がぽっかり開いており、狐川《きつねがわ》の上にある枯木山が迫る。父母が亡くなり何か胸中に穴のあいた思いが、読者にもじいんと伝わってくる。

昭和41年作

冬ふかく風吹く大地霑《うるお》へり　蛇笏

寒さも絶頂となり冬の厳しさが山に川に深まる。北風は大地を容赦なく吹きまくるが、土の底からしめりあるめぐみが感じられるのは、大地がじっと寒さに耐えて生きている証左。寒さきびしければ麦よくできるの譬《たと》えがある。

昭和32年作

甲斐駒のほうとむささび月夜かな　龍太

ムササビはリス科の哺乳類《ほにゅうるい》。木から木へ滑空するので鳥ではないかと思う。山麓《さんろく》地帯の大樹の洞に巣をつくり夜に餌《えさ》を求めて飛ぶ。甲斐駒ケ岳がほうとため息をつくような、冴《さ》えた月夜に鼯鼠《むささび》が木から木へ移る。美しい呟《つぶや》きのような作。

昭和56年作

はつ機《はた》の産屋《うぶや》ケ岬《がさき》にひびくなり　蛇笏

正月の休みも明け織機が始動する。産屋ケ岬は河口湖大橋の南端にあり、浅間神社の祭神木花開耶姫《このはなさくやひめ》が、ここでお産をしたと伝えられている。その場所に今年最初の機を織る音がひびく。産屋ケ岬が初機にぴたりと調和する。

昭和15年作

雪舞へる石門になほ故人の名　龍太

境川村小黒坂飯田邸の入り口には、白御影の見事な石門が立っている。表札はまだ飯田武治（蛇笏）のまま。前年の十月三日に亡くなったが、門の表札は故人の名前である。雪の舞う寒さのなかで、しみじみとした思いにふける。

昭和38年作

ふるさとの雪に我ある大爐《おおろ》かな　蛇笏

一切の学業を捨て、蛇笏が東京から故郷小黒坂に帰ってきたのは、明治四十二年二十四歳のとき。それから三年後の作。田舎生活の大きな囲炉裏《いろり》を前に、文学に志す行方に思いをめぐらせる。火に頬《ほお》を染め、外の雪はこれからの厳しさを暗示している。　明治45年作

大寒の一戸もかくれなき故郷　龍太

屋敷内を流れている川を渡ると、裏山となり、中腹に一年中絶えることのない泉が湧《わ》いている。その上の道路に出ると小黒坂百戸の集落は、大寒であれば清浄として一戸も隠れることなくきっぱり見える。それがわが故郷であると。　昭和29年作

おく霜を照る日しづかに忘れけり　蛇笏

霜が降りる日は風もなくよく晴れた日に多い。大地が豊潤であるほど霜柱が立って土を持ち上げる。太陽がさんさんと照ってくると、真っ白な霜は溶けて跡形もない。あたかも今まであった霜など忘れたように日は輝く。

昭和28年作

雨音にまぎれず鳴いて寒《かん》雀《すずめ》　龍太

枯葉を打つ雨音がよくひびいて降るなかで、寒中の雀は身をふくらませて鋭く鳴く。その声は雨音に紛れることもなく、力いっぱいの鳴き声をあげているように聞こえる。小さな雀が意志を持った声で寒さをはねとばす。

平成3年作

極寒《ごくかん》のちりもとゞめず巖《いわ》ふすま　蛇笏

山梨の極寒期は成人の日から、大寒のころまでであろう。この句は前書に「富士川舟行」とある。舟から眺めた富士川の岸は岩々が切り立ち襖《ふすま》のようで、ちり一つなく輝いている。まさに、蛇笏俳句精神そのもののようだ。

大正15年作

寒の水ごくごく飲んで畑に去る　龍太

寒の水を飲むと長生きする、という山梨だけのことわざがある。何かそんなことを思わせる壮気がただよっている。ごくごくと一気に飲んだ寒の水が、食道から胃に下がってきて、肩の鍬《くわ》が朝日に光る。二十九歳の作。

昭和24年作

大寒の嶽《たけ》負ふ戸々の鎮まれる　蛇笏

大寒は一月二十一日ごろで二十四節気の一つ。寒さの最も厳しいとき。厚い雪をつけた峰々に見下ろされている家々が、大寒の中でじいっと身を沈め身動きもしない。それは大寒を迎えた甲斐の山村風景の極致ではないか。

昭和34年作

日脚伸ぶ枯色限りなく空へ　龍太

最も日照時間の短い冬至からでは随分と日が伸びてきたものだ、と感じるのは一月も下旬。日脚伸ぶはそんな季節感をさす言葉。周囲の草や木の一面の枯色も何か空の彼方《かなた》へ吸いあげられていく思いを受ける。春はもう近い。

昭和60年作

月いでて冬耕《とうこう》の火をかすかにす　蛇笏

日脚が少し伸びてくる季節。田畑に出て何の作業をしているのだろう。燃えている火勢も月の出てくるころになると衰えてかすかになる。あたかも月の光が冬耕の火を淡くしているのだと感じとる。そこに蛇笏俳句の詩眼がある。

昭和13年作

遺《のこ》されて母が雪踏む雪あかり　龍太

この句には、雪という文字が二つ折り畳むように遣《つか》われ悲しみを深めている。雪の上を歩いていく母の後ろ姿から、三人の子供と夫に先立たれた悲愁が感じられる。すでに辺りは暮れて、積もった雪の明るさが悲しみを照らす。

昭和37年作

大つぶの寒卵おく襤《ぼ》褸《ろ》の上　蛇笏

いまの鶏卵は殻が薄く、黄身もきっぱりしていない。この句の卵は鶏舎で放し飼いのがっちりした大きな卵。たまたま他用がでて、薪《まき》の上にある使い古した布の上に卵を置く。寒中の鋭い光が一個の卵の白さを際立たせる。

昭和10年作

枯れ果てて誰《だれ》か火を焚《た》く子の墓域　龍太

前年の九月次女が病臥《びょうが》一日で亡くなっている。この句の墓は六歳で他界した純子さんのもの。境川小学校下の墓地は、道路から冬枯れになるとよく見える。火を焚いている人はだれかわからないが、蕭条《しょうじょう》とした子の墓域の辺り。哀《かな》しさがまた募る。

昭和32年作

くれなゐのこゝろの闇《やみ》の冬日かな　蛇笏

二十三歳の夏、ホトトギス派幹部の俳諧散心句会に参加。しかし句会終了後、虚子は俳壇を退く。俳句で生きる決心をした蛇笏の心中はまさに闇。都会の真っ赤な冬日がいま沈む。その翌年一切の学業を捨て故郷に帰る。

明治41年作

寒の汽車すばやくとほる雑木山　龍太

中央線の下り列車で北巨摩に入ると雑木林が多くなり、車窓の左側に駒ケ岳の雄姿が迫る。雑木山は落葉しており列車はあっという間に枯葉を吹きあげて進む。「すばやく」の言葉に寒の季節感があふれている。

昭和41年作

雪山を匐《は》ひまはりゐる谺《こだま》かな　蛇笏

猟銃の発射音のこだまが、雪山をはい回っていつまでも消えない。それは、こだまが生きもののように走っているようでもある。作者の解説によると、野兎《のうさぎ》を撃った銃声であるとのこと。雪の上は凍って光る。

昭和11年作

八方に音捨ててゐる冬の瀧《たき》　龍太

冬の滝音がまるで八方に捨てられているように聞こえてくる。この水音は那智の滝や華厳滝のような高い滝ではなく、裏の渓川にある堰堤《えんてい》から落ちる滝音ではあるまいか。それ故捨てているように聞こえるのだ。写実の妙味ある作。

昭和60年作

月光のしみる家郷《かきょう》の冬の霧　蛇笏

家郷はふるさとのこと。いま冬の霧が濃く地上に立ちこめている。月は霧にさえぎられ、光だけがしみこむようだ。冬霧は雨や雪のあがった暖かい日に発生する。故郷境川村への哀歓が美しくせつないまでに伝わってくる作である。

昭和29年作

日向《ひなた》より園児消えれば寒き町　龍太

公園という言葉はどこにもないが、園児たちの甲高い歓声は幼稚園や公園からきこえてくる。冬の日はたちまち陰り子供の声が跡絶えると、あとは寒々とした町が残る。子供の声があふれている町は活気があり暖かい。

昭和40年作

寒《かん》雁《がん》のつぶらかな聲《こえ》地におちず　蛇笏

雁《かり》は十月に日本に来て、翌年三月ごろ北に帰って行く。夕暮れのねぐらに列を組んで飛んでいる寒中の雁の鳴き声が、空からつぶらかに聞こえてくる。その声はあたかも宙に留まって、地上に降りてこないようだった。

昭和33年作

二月

川波の手がひらひらと寒明くる　蛇笏

寒の明けた笛吹川の流れがことにきらめくのは、浅瀬の流れが水底の石で波立つから。その川波がひらひらと輝いて、あたかも春を手招きしているように感じられる。寒の明けた情感が見事に表現され読者を魅了する。

昭和26年作

竹林の月の奥より二月来る　龍太

月は月光と理解すればよい。屋敷の裏庭は一面見事な真竹。その奥から目には見えない二月がやってくる。きっと月光は濡《ぬ》れているような潤いがあって春隣の感じ。季節としての二月をあたかも見えるものとした詩情の濃い作。

昭和29年作

こだまする後山《ござん》の雪に豆を撒《ま》く　蛇笏

今日は節分、広い飯田邸の部屋から部屋へ「鬼は外、福は内」の豆を撒く大きな声が流れる。その声が裏山にこだましている。長かった冬も終わり、明日は立春となる歓喜の声だ。最近はこんなこだまを呼ぶような豆撒きを聞くことがない。

昭和14年作

耳そばだてて雪原《せつげん》を遠く見る　龍太

耳そばだてては、注意を集中して聞くことの意。真っ白に広がる雪の原に立ち、遠くを見る。物音ひとつしない静寂さの中で注意力を耳に集中する。作者の解説では越後高田の戦前の追憶の景。過去の景を現在に引き寄せた珠玉作品。

昭和29年作

寒明けの幣《ぬさ》の浸りし泉かな　蛇笏

小寒・大寒あわせて三十日の寒が明けると立春。いよいよ春に入り、水もきらめき草木にも潤いがもどる。水の湧《わ》き出ている泉に真っ白な紙の御幣が浮いており、ことさら春の歩み寄ってくることが感じられ、的確な自然の推移を示す。

昭和2年作

湯の少女らに絶壁の雪煙り　龍太

西山温泉でも下部温泉でも、また山梨県内の山の温泉ではこうした壮大な景色とときに出合う。たまたま見ている人が、ぴちぴちした少女たち。いま温泉のガラス窓に崖《がけ》を落ちる雪が白煙をあげてとどろく。見事な調和感ある作。

昭和49年作

なやらふやこの国破るをみなこゑ　蛇笏

なやらふは鬼やらいで節分の行事。豆撒《まめま》きがあちこちの家から洩《も》れてくる中に女性の声もあった。国は破れ男は意欲を失っているが、女たちは歓喜の声をあげる。安東次男は敗戦の山河を詠んでこの句の右に出るものを知らないと。

昭和22年作

立春の甲斐駒ヶ嶽《たけ》畦《あぜ》の上　龍太

畦の上に駒ヶ嶽を遠望できるのは作者のいる位置が、甲府盆地の南側の山腹だからである。畦にも立春の気配が漂う。今日の山々は何か冬から解放されたような明るさをおびて、雲一つなくよく晴れている。

昭和55年作

街路樹に旧正月の鸚鵡籠《おうむかご》　蛇笏

二月五日が旧正月になる。まだ旧暦の正月を祝う集落はあるのではないか。昭和六年の作であるから街路樹に鸚鵡の籠が吊《つる》されていた、その驚きが俳句となっている。甲府の桜町、柳町辺りの光景か。春に入った息吹が感じられる作。

昭和6年作

酔中も酔後も雪の富士ありし　龍太

二十年前の作であるから師龍太がビールや日本酒を好んで食前に召し上がっていた時代。現在、アルコール類は一切断っている。境川村から富士は見えないのでほかの場所。酔中、酔後と歯切れのよい言葉を富士山がしっかり受け止めている。

昭和56年作

春あさき人の会釈や山畑　蛇笏

春あさきは木の芽もほころびず、まだ八ケ岳おろしの風も強い早春より少し前のころ。そんな季節のなかで山の畑に頬被《ほおかむ》りで働く人がいる。作業の手を止めておじぎをする。それにこたえて軽く一礼して過ぎる。春あさい小黒坂の点景。

大正13年作

雪の日暮れはいくたびも読む文のごとし　龍太

指を折って読むと七・七・六の二十音のリズムになっていることで、巻紙に書いてある手紙を思わせる。雪の深々と降る夕暮れが、巻紙に墨書した文のようであると。この手紙の内容には哀《かな》しみがあり、あやしい美しさが漂う。

昭和44年作

きさらぎの門標をうつこだまかな　蛇笏

きさらぎは旧暦二月のこと。山峡の村の静まり返っているなかで、門に表札を打ちつける音がこだまとなってひびいてくる。まだ寒さの残る谷間だが、そのこだまにもどこか潤いが感じられるのは、きさらぎの措辞のため。

昭和6年作

笹鳴の声のみどりにさす日かな　龍太

笹鳴は鶯《うぐいす》が冬から早春にかけて、チャッチャッと完全の鳴き声にならない時期をいう。その声を緑に感じたのは、もうすぐ本鳴きとなる季節。それに、枝々をせわしく飛び回る薄黄色の羽に、朝日が美しくそそいでいるからだ。

昭和46年作

春浅くやくざを泊むるはたごかな　蛇笏

この句には「鰍沢古宿《かじかざわ》」という前書が付いているから、鰍沢の宿屋に泊まったときの作。旅籠《はたご》は旅館のこと。その容姿から一目でやくざ者と分かる人たちと同じ宿に泊まってしまった。まだ桜の花の咲くのには早い浅春であるのに。

昭和13年作

夕《ゆう》凍《い》てはまこと人なき炎かな　龍太

十日市の終わるころの、日のあるうちは凍るようなことは少ないが、まだまだ朝夕は厳しい寒さが残る。ことに夕凍ては、人がまったくおらず、闇《やみ》を呼ぶように燃え立つ炎の中に強く感じられる。辺りが暗くなり、炎が凍てを誘うからだろうか。

昭和41年作

春雪に子の死あひつぐ朝の燭《しょく》　蛇笏

この句には次の前書がある。「二月十三日三男麗三亦外蒙アモグロンに於いて、戦病死せる公報到る」。長男聰一郎の戦死の公報もその前にあり二人の子供の死が続いた。外は春の雪が降り、早朝の家に燈明《とうみょう》がともる。

昭和23年作

谷川の閃《せん》々《せん》と旧紀元節　龍太

明治五年に神武天皇即位の日として設定された紀元節は二月十一日。終戦後廃止されたが、建国記念日として復活した。かつて日本四大祝日の一つであった紀元節。その日の谷川を流れる水はきらきらと輝き昔と変わらない。

昭和46年作

バンビ見に孫女をつれて浅き春　蛇笏

孫という字の入った俳句で印象に残る作品はないが、このバンビの句は厳しい蛇笏の微笑《ほほえ》ましい一面が見えて忘れられない。バンビはディズニー映画で多くの日本人に親しまれた子鹿の名前。この句の孫公子は平成十年に五十四歳で没す。

昭和27年作

今川焼あたたかし乳房は二つ　龍太

今川焼を手にしたときの思いが作句されている。掌《てのひら》にある温《ぬく》もりはちょうど乳房ほどであり、乳房は二つあってこそのもの。いま手にある今川焼は一個の温かみであると。江戸神田今川橋近くの店で最初に作られ今川焼と名付けられた。

昭和47年作

月いよ〳〵大空わたる焼野かな　蛇笏

焼野は早春に病虫害駆除と萌《も》えてくる牧草のため枯草を焼いた野原のこと。その真っ黒な焼野を月が移動している光景。一面に広がる焼き終わった野の上を、早春の冴《さ》えた月がわたってゆく。自然と人為とが一体感をなした作。

大正8年作

遠山火数珠手放さず見てゐたり　龍太

山を焼く火がめらめらと山頂をめざして広がっていく。葬式であろうか、法事からの帰りであろうか、掌《てのひら》にある数珠を握りしめて山の火を見ている。その光景のなかに、ただならない緊迫感が「手放さず」により漂う。

昭和49年作

古き世の火の色うごく野焼かな　蛇笏

古き世を古代と感じる人もいるだろうし、平安時代か鎌倉時代と思う人もいる。とにかく、野を焼く火を神と信じていた時代の戦慄《せんりつ》がはしる。野焼の煙のなかを立ちのぼる炎の動きに早春の匂《にお》いがする。

大正2年作

はればれと昼の氷柱《つらら》の水しぶき　龍太

早春のよく晴れた空を見上げると、心の曇りも払われてさっぱりとした気分になる。昼の温かさに氷柱が解けて、雫《しずく》が風に飛沫《しぶき》となって飛ぶ。一日一日春へ動いていく自然のまぶしい光が鮮やかに身をつつむ。

昭和42年作

春猫や押しやる足にまつはりて　　蛇笏

こんな造作もないことが俳句となり、その折の作者の感情がきっちり伝わり季節感を漂わせる。読むとだれにも作れそうでありながらこんなに的確な表現はとれない。春の猫であることに注目すると、その姿態が完璧《かんぺき》であることに気がつく。

大正12年作

嬰《こ》が泣いて春の星ふる寺屋敷　　龍太

春の星が降るように輝く寺の庫裏で赤子の泣く声がする。春の星は冬の星と違って鋭い光はないが、潤むようなまたたきがある。そんな夜空の下で寺の屋敷から赤子の力の限り泣く声が洩《も》れてくる。情感の濃い庶民の匂《にお》いがする。

昭和27年作

天気よき水田の畔《くろ》を焼きはじむ　蛇笏

畔は畦《あぜ》と同じで田畑のしきり。いよいよ苗代の支度で伸びた畔の枯草に火を放つ。病虫害駆除のため必須の作業。風もなくよく晴れた天気でまさに畦焼き日和である。天気よきの把握に農村に溶けた詩人の眼《め》があり心がある。

昭和4年作

晩年の母に二月の山走る　龍太

昭和三十七年十月に父蛇笏が亡くなり、この作の翌年十月母菊乃も亡くなる。まさに、母の最晩年で、その母の前を二月の赤石山系の山々が雪を輝かせて走る。それは蛇笏が生涯見つづけ作品にしてきた山脈である。

昭和39年作

ぱつぱつと紅梅《こうばい》老樹花咲けり　蛇笏

梅の花が美しいと感じるのは咲きはじめである。老木に咲く紅梅ともなればなおさらのこと。蕊《しべ》は可憐《かれん》で長い睫毛《まつげ》の少女のようだ。ぱつぱつとには、紅梅の咲きはじめた美しさと同時に老いのいのちのきらめきが感じられる。

昭和22年作

猫柳死者の笑顔の見える空　龍太

猫柳の柔らかな銀色の花蕾《はなつぼみ》を眺めていると、春めいた空に死者の笑顔が浮かぶ。三人の兄、幼い子供、父の死そして前年に母を亡くされている。猫柳の蕾からでなくては、死者の笑顔が見え睦《むつ》まじく団欒《だんらん》の一刻を過ごすことはできない。

昭和41年作

春めきてものの果てなる空の色　蛇笏

日の光にも潤いがにじみ、寒さもゆるんで春の気配が色濃く感じられる季節。空はほんのりと紅をさしたような明るさを見せる。その空の色をものの果てなる、と把握した感性は詩人のもの。五十年前に二十一世紀を予知していたようだ。

昭和28年作

白《はく》梅《ばい》のあと紅《こう》梅《ばい》の深《み》空《そら》あり　龍太

その年の気候や地域、種類によって、白梅と紅梅の開花に多少のずれはあるが、甲州では白梅のあと一週間して紅梅が咲く。深空の言葉の斡旋《あっせん》で美しさが増幅し、山本健吉は光琳「白梅紅梅図」の屏《びょう》風《ぶ》の円満さに通じる、と評している。

昭和48年作

吊《つ》れば鳴る明珍《みょうちん》火箸《ひばし》余寒なほ　蛇笏

この句には百字からなる前書がある。五十一代宗之なる鍛冶《かじ》の製作した火箸。その端を糸で吊り二本が触れ合ったとき鈴虫の声韻を発すと。かつて飯田邸の炉に差してあり、その音色をきいたことがある。春寒の季節であればいかばかり。

昭和27年作

春の夜の氷の国の手《て》鞠《まり》唄《うた》　龍太

氷の国を何処《どこ》にするかによってこの句の鑑賞は違ってくる。私は現世でなく彼岸の死の国での手鞠唄、六歳で亡くなった次女を偲《しの》んでの作とするが、誰《だれ》という限定の必要はないかもしれない。透明な氷上に手鞠唄が春を呼ぶ。

昭和60年作

花びらの肉やはらかに落椿　蛇笏

真紅のつややかな重さのある椿の花が地に落ちている。ぽってりとした藪椿《やぶつばき》の花びらが思われてならない。その椿の花びらを肉やわらかに、と感じとったのは蛇笏独自の観察眼である。落椿であることが重要な鑑賞ポイントになる。

昭和21年作

雪山に春の夕焼滝をなす　龍太

まだ奥山の峰は一面の銀世界。真っ白な雪が厚く積もっている。おそらく白根三山が対象であろう。春の夕焼けが雪山から流れ出す滝のように感じられた。その美的感性の新鮮さに当時の俳壇は伝統俳句救世主の賛辞をおくった。

昭和26年作

谷梅にとまりて青き山鴉《やまがらす》　蛇笏

谷間の野梅は真っ白な花を下向きにつけて咲く。山鴉はハシブトガラスで山に棲《す》む。真っ黒の羽が青く見えたのは鴉の羽が濡《ぬ》れていたからで、それに陽《ひ》が当たっているためである。この青きの表現に蛇笏俳句の心眼がきっちり見える。

昭和20年作

甲斐の春子持鰍《かじか》の目がつぶら　龍太

鰍は清冽《せいれつ》な流れでないと生息しない。頭が大きく体は細く鱗《うろこ》のない淡水魚で美味。かつて山梨の渓流ではどこでも見られ鰍沢の名前もある。その鰍が春になると腹に卵を持つ。目も丸くかわいらしく泳ぐ甲斐の春の川を思い描く。

昭和58年作

いま割れしばかりの岩ぞ二月尽　龍太

野焼きの跡で石が真っ二つに割れていることがある。鋭利の刃物で切った新鮮な切り口で。この岩も風化により割れたのか、それとも二月尽であるならば雪崩で落ちた岩か。いずれにしても、いま割れたきらめきに力がみなぎる。

昭和58年作

三月

冱《さ》えかへる山ふかき廬《ろ》の閾《しきい》かな　蛇笏

春の暖かさのなかに再び寒さの戻ることを冱え返るという。ぶり返す寒さは心身を引き締める。境川村小黒坂の自宅に帰り外と家の境となる敷居の上の大戸を開く。外から寒気が土間に入ってくる。閾の存在感が余情をかもす。

昭和6年作

いきいきと三月生る雲の奥　龍太

初期龍太俳句の傑作と山本健吉氏は書く。目には見えない三月という言葉だが、鳥が囀《さえず》り、野は萌《も》えたち、空には真っ白な雲がぽっかり浮かぶ。そんな三月の季節がいきいきと、あたかも目に見えるように、雲の奥から生まれてくる。

昭和28年作

地に近く咲きて椿の花おちず　蛇笏

椿の花がこんなに咲いてもいいのだろうか、と思うことがある。地に触れんばかり下枝に咲いているが、花はたやすく散り落ちない。下に咲く故に強く耐えるのであろうか。この句の椿は野に咲く藪椿《やぶつばき》が最もふさわしい。

昭和31年作

春《しゅん》暁《ぎょう》のはるけくねむる嶺《みね》のかず　龍太

東の空がほのかにしらむ夜明けどき。眠りからさめない山々が盆地を取り囲む。『枕草子』の時代から春は曙《あけぼの》の美しさ、秋は暮色が日本人の心をとらえてきた。春の夜明けの山々を据《す》えて、大自然の揺るぎない美しさを展開する作。

昭和26年作

いきいきと細目かがやく雛《ひいな》かな　蛇笏

東京は雛祭《ひなまつり》を三月三日に催すが、山梨では四月三日が多い。桃の節句であるから四月の方がふさわしい。雛人形の真っ白な顔に細い切れ長の目がまるで生きているようにきらりとかがやく。ことに内裏雛の華やぎが感じられる。

大正14年作

碧《あお》空《ぞら》に山するどくて雛《ひな》祭《まつり》　龍太

山梨では雛祭を四月三日に催す所が多い。よく晴れた空の四方に峰々が鋭く銀雪を輝かせるのは三月の雛祭がいい。高い山はまだ冬の鋭さを残しているが、家々には赤く飾られた雛壇が暖かく並ぶ。盆地に季節がきらめきを見せる。

昭和40年作

啓《けい》蟄《ちつ》の夜気を感ずる小《こ》提《ぢょう》灯《ちん》　蛇笏

暖かさが増すと地中に冬眠していた虫類が穴を出る。その節気が啓蟄。暗闇《くらやみ》を手提灯で照らし外に出る。夜の湿気にほの暖かいものが感じられ今日啓蟄であることに気が付く。夜気に啓蟄を知る感性に蛇笏俳句の風土への情感がみえる。

昭和22年作

啓《けい》蟄《ちつ》や喪章いづれのときならむ　龍太

三月六日は啓蟄で、冬眠していた蟻《あり》、蛇《へび》、蛙《かえる》などが穴から出てくるという日。中国から伝わってきた二十四節気の一つ。喪服を着るとポケットから忘れていた喪章が出てきた。いつの時のものだろう。啓蟄との取り合わせが見事な作。

昭和61年作

笈《おい》磨《す》れの尊き肩や二日《ふつか》灸《きゅう》　蛇笏

陰暦二月二日に灸をすると倍の効能があると伝えられる。新暦では三月七日がその日にあたる。笈は四隅に脚のある僧や修験者が背に負う入れ物。笈の肩磨れで二日灸をすえるのは尊者の行脚僧か。蛇笏二十二歳の非凡な作。　明治40年作

春雪にするめ色なる蚕屋《こや》障子《しょうじ》　龍太

つい最近まで山梨の農家では、養蚕が盛んでどこでも見られた光景。春蚕《はるご》を家で飼育するころ、牡丹雪《ぼたんゆき》が降ってきた。蚕の飼育部屋の障子が雪の白さで、干しいかの色のように見える。部屋の中には練炭が赤々と燃えている。　昭和58年作

ぎんねずに朱ヶ《あけ》のさばしるねこやなぎ　蛇笏

猫柳のつやつやした銀ねず色の花穂が、春の渓流や野の川辺に開く。よく見るとその花穂にかすかな朱色が走っているのを発見した。「さばしる」は走るの古語。語感のひびきを強め格調を高める表現に蛇笏俳句の特質をみる。

昭和17年作

種袋負ひ絶壁の下をゆく　龍太

稲の籾種《もみだね》を俵や麻袋に入れて貯水池や川などに浸しに行く景。水に浸すことで発芽をよくするための作業。絶壁の表現で種袋を背負って行く人に悲壮感がただよう。山村での風景であり絶壁により農家の不安感がよぎる。

昭和43年作

久遠寺へ閑《ひま》な渡しや雉子《きじ》の声　蛇笏

明治時代は身延山に参詣《さんけい》に行くのに渡し舟を使ったのだ。その渡し舟もひまで舟頭が煙草《たばこ》をのんでいる。春ののどかさの中に雉子がけたたましい声をひびかせる。久遠寺という呼びかけに枝垂れ桜が脳裏をよぎる効果を生む。

明治44年作

月光の休まず照らす雪解川《ゆきげがわ》　龍太

雪解けがはじまり谷川は水量を増して流れる。その雪解川を月の光がしろじろと照らしている。休まずの把握は伝統俳句に新鮮さを加味していこうとするこの時代の龍太俳句の意欲が、月光とともに染み込んでいる。

昭和36年作

老《ろう》鶴《かく》の天を忘れて水《みず》温《ぬる》む　蛇笏

水が温む春の季節になると越冬のために飛来した鶴《つる》も、いよいよ北方の繁殖地に帰る。この句の鶴は長い年月檻《おり》で飼育されて老い、北帰行の空さえも忘れてしまっている。「天を忘れて」は、そんな檻の鶴だろう。老いに哀れさがにじむ。

昭和27年作

春すでに高《たか》嶺《ね》未婚のつばくらめ　龍太

戦後の伝統俳句が前衛に凌《りょう》駕《が》されようとした時代、四季自然の推移を新しい感覚で表し多くの人の賛同を得た作。海を渡って来たばかりの燕《つばめ》は家々にまだ営巣もせず飛んでいる。それを未婚と把握してこれまでになかった俳句の方向をひらく。

昭和28年作

山の春神々雲を白うしぬ　蛇笏

山国の春の雲の白さは格別。盆地の空をゆったりと移動する光景は、他の季節に見られない豊かさがある。この雲の白さは一体だれがこしらえたものだろう。それは山の神、地の神、空の神など八百万《やおよろず》の神々が白くしたのであると。

昭和9年作

春の山鼠賊《こそどろ》その後噂《うわさ》なし　龍太

山の枯色が去り春の色が濃くなる季節になると、わずかなものを盗む泥棒が出没する。農家は留守になりがちであの家も、この家も入られたと風評がたつ。鼠賊の漢字と春の山の調和が、いかにも山村を思わせる作とした。

平成3年作

夜の雲にひゞきて小田の蛙《かわず》かな　蛇笏

小さな山田であるが蛙《かえる》の固まって鳴く声は夜の雲にまでひびくようだ。春の夜家から外に出ると、田や沼に集まる繁殖期の蛙の声はまさに天をつつぬけて鳴いている。月がこうこうと照り雲の白さをはっきり感じさせる余韻をもつ作。

大正14年作

朱欒《ざぼん》叩《たた》けば春潮の音すなり　龍太

朱欒は歌にもあるように長崎方面で栽培されている柑橘類《かんきつるい》。サッカーボールぐらいだが中の果肉は夏蜜柑《なつみかん》ほどで芳香がある。その朱欒の実を叩くと春の波のような音がした。山中の家であってこそ春潮の音に抒情感が深まる。

昭和57年作

山に住み時をはかなむ春北風《はるならい》　蛇笏

一切の学業を捨て故郷に帰ってきたのは明治四十二年。それ以来、山国境川村を離れることなく、四季自然を愛し俳句文芸に身を尽くして、いま齢《よわい》七十五歳。春の北風の中で過ぎて行った歳月の早さにはかなさを感じている。

昭和35年作

春ときに緋鯉《ひごい》の狎《な》れのうとましき　龍太

水が温《ぬる》み池の緋鯉も活発になる。人の足音がしただけで、一斉に群れて集まり大きな口を開け餌《えさ》を欲しがる。あまりに狎れ過ぎると、可愛《かわい》さもなくなりいやらしくさえなる。この狎れの字にはあなどるの意がこもっている。

平成3年作

くにはらの水縦横に彼岸鐘　蛇笏

国原は山梨県では甲府盆地であろう。富士川、笛吹川をはじめ山々から小さな川が縦横に流れている。鳥瞰《ちょうかん》したような雄大な景色の中を彼岸を告げる鐘が鳴りわたる。今日は彼岸の入り。きっと寺の鐘が盆地に谺《こだま》しているだろう。

昭和13年作

家々に雨ふりしぶく彼岸道　龍太

暑さ寒さも彼岸までといわれるが、春の彼岸中によく雨が降る。この雨が寒さを消して暖かな日差しを運ぶ。墓地まで彼岸の道を行くと、家々の屋根に雨がしぶきをあげている。彼岸中にきっと一日はこんな雨が降るものだ。

昭和41年作

山寺の扉《と》に雲あそぶ彼岸かな　蛇笏

昨日が彼岸の入り、寒さもいよいよ去って春本番の季節。蛇笏作品は雲を詠むとき特別見事な山国の風景を展開する。雲あそぶは山寺のある位置を示すが、蛇笏特有の美の表現でもある。境川村大黒坂聖應寺がこの句の雰囲気を持つ。

大正5年作

雪の峯《みね》しづかに春ののぼりゆく　龍太

甲府盆地の春の景である。盆地のなかは花々が咲いているが、四《よ》方《も》の峰々は白銀の雪の世界。そんな雪の峰でも前山は春の気配が漂い、一日一日春は雪の峰を目指して進んで行く。やがて、雪の峰に農鳥が現れる。

昭和29年作

開帳の破《や》れ鐘つくや深《み》山《やま》寺《でら》　蛇笏

神仏の本尊の厨子《ずし》を開いて参拝を一般信者に許すのが開帳。神社、仏閣によって開帳の日は定まっていないが、丑《うし》・未《ひつじ》年の春に多い。山深い寺で開帳の鐘をつくが、ひびが入っているのでひびきが浅い。しかし長閑《のど》かさに包まれている。

昭和2年作

春の鳶《とび》寄りわかれては高みつつ　龍太

二羽の鳶が輪を描きながら上昇していく光景。寄り添って飛んでいたかと思うと、たちまち離れ再び寄り添う。三人の兄が亡くなり、帰郷して専ら農耕に従事し二頭の牛を飼っていた時代と解説している。二十六歳のときの代表作。

昭和21年作

春分を迎ふ花園の終《しゅう》夜《や》燈《とう》　蛇笏

春分は昼と夜の時間がほぼ同じとなる二十四節気の一つ。雀《すずめ》が巣を作り始める候。春分を迎える庭園燈は夜が明けて消える。チューリップやヒヤシンスなどの球根の花が咲く花園。春分の日の終夜燈に季節の凝視がある。

昭和32年作

雪《ゆき》解《げ》谷《たに》黄の極まりの花しづか　龍太

いよいよ雪解けの始まった谷間《たにあい》の村に山茱萸《さんしゅゆ》、金縷梅《まんさく》、三椏《みつまた》、連《れん》翹《ぎょう》とどれも黄色の鮮やかな花が咲く。その中で黄色の花が静かに極まるのは山茱萸であろうか。なごやかな春の日が黄色の花に寄り添って深まる。

平成3年作

春《しゅん》暁《ぎょう》のうすむらさきに枝の禽《とり》　　蛇笏

春暁は春の夜明けのことで、東の空がしらみかけるときをいう。もう木の枝には朝一番の小鳥が来ているが、夜が明けきっていないのでうす紫色に見える。春暁の美しい言葉を得て、やがて小鳥も声を高めて鳴きはじめる。

昭和31年作

野に住めば流人のおもひ初つばめ　　龍太

二人の兄が戦死し四男の作者が家系を継ぐことになる年の作。盆地が眼下に一望できる集落に身をおく青春期の感慨が、流人という言葉にこめられている。だが、渡って来たばかりの燕《つばめ》の飛翔《ひしょう》に将来への明るい希望がみえる。

昭和24年作

暖かや仏飯《ぶっぱん》につく蠅《はえ》一つ　蛇笏

彼岸が明け春の暖かさが本格的になってきた。仏壇に大盛りの飯がしろじろと供えられる。その上に一匹の小さな蠅がとまっている。生まれたばかりの蠅で敏捷《びんしょう》である。陽春の暖かさを一匹の蠅で表した野趣に富む作。

昭和2年作

榛《はん》の花湖《うみ》ねんごろに眠りゐる　龍太

榛の木は落葉高木で若葉の出る前に細長い雄花が垂れさがる。まだ湖は春の目覚めとならずじっくり眠っている。湖の岸辺には榛の花が褐色に垂れ揺れているので、もう湖も目覚めるのではあるまいか。季節の推移の確かな作。

昭和60年作

三月の廊の花ふむ薄草履　蛇笏

寺の回廊であろうか。三月末になると桜の花も咲き廊下に散ってくるものもある。そんな花片を草履で踏む。しかも薄い草履で花を踏んだ感触が足うらにまで伝わるようだ。春爛漫《はるらんまん》の様子が廊の花片と薄草履にこめられ表現される。

大正7年作

利休の忌湯ざめごころの白《しろ》襖《ぶすま》　龍太

二十七日は京都表千家の不審庵で利休忌の茶会。翌二十八日は裏千家が今日庵で茶会。千利休は天正十九年二月二十八日に自刃して果てるが、新暦で利休忌は催される。その忌日に白襖の前に立つと、すっと血が引いて湯ざめを感じる。

昭和49年作

木《もく》蓮《れん》に日強くて風さだまらず　蛇笏

木蓮の花は紅紫色で葉が出る前に開花する中国原産の落葉木。春の日差しが強く木蓮の花が咲くころになると、西風、東風、南風と方向の定まらない風が吹く。そんな強風に飛ばされまいと、花は必死に揺れる枝にしがみつく。

昭和36年作

みどり子のまばたくたびに木の芽増え　龍太

いよいよ木の芽が開く季節。みどり子は新芽のように若々しい三歳までの子供。この句では乳飲み子と解したい。そんな赤子が瞬《まばた》きをするたび木の芽が増していくようだと。乳児が瞬くたび木が芽吹くとはまさに春爛漫《はるらんまん》。

昭和49年作

日輪にきえいりてなくひばりかな　蛇笏

日輪は太陽のこと。ひばりは漢字で書くと雲雀。巣から飛び立つと鳴きながら真っすぐに太陽をめがけて舞いあがる。まるで太陽の中に消えて鳴いているような感じをうける。空に鳴く声はほがらかで、のどかな春の代名詞。

昭和17年作

朧《おぼろ》夜《よ》のむんずと高む翌檜《あすなろう》　龍太

春は水分が大気中に多いから昼間はもうろうとした霞《かすみ》がこめ、夜は朧となる。その中で翌檜《あすなろ》のみ急に力いっぱい伸びていく感じをうける。明日は檜《ひのき》になろうと懸命に伸びる努力をする翌檜の思いが、むんずの表現にある見事な作。

昭和47年作

春燈《しゅんとう》やはなのごとくに嬰《こ》のなみだ　蛇笏

春の灯は明るく華やぎがある。そんな明かりの下で幼い子供の泣く頬《ほお》から落ちる涙を、花びらと感じたことに深い情愛がみえる。真っ赤な頬をつたわる涙の粒に肌の色がしみて美しい。この花びらは桜の花の散っているさまを思わせる。

昭和26年作

雲雀野《ひばりの》や赤子に骨のありどころ　龍太

生まれて一カ月未満の赤子を抱いたときなど、骨はいったいどこにあるのだろう、といった経験はだれもが持っている。ことに首の不安定さは怖いばかり。そんな乳飲み子を抱いて雲雀の鳴く野に出た。春の柔らかな日に包まれて幸福感がわく。

昭和62年作

さるはしに風雨の旅も弥生かな　　蛇笏

前書に「猿橋行」とあるので日本三奇橋の一つ大月市猿橋での作。当時としては境川村から猿橋までは旅といった感慨があったろう。しかも風雨の日である。さりげなく平仮名でさるはし、弥生と陰暦三月の異称を使い情感を深める。

昭和9年作

四月

ゆくほどにかげろふ深き山路かな　蛇笏

山中の道を進めば進むほどよく晴れてきて、日の光は土を暖め陽《かげ》炎《ろう》がたちのぼる。陽炎は雨上がりなどの春の強い日差しに、物がゆらゆら揺れて見える現象で春の季語。うららかな陽炎の立つさまには、平和な日常が感じられる。

昭和4年作

入学児脱ぎちらしたる汗稚《わか》く　龍太

近ごろ小学校の入学式は四月一日と限らないようだが、この句の時代は一日と決まっていた。入学児童が家に帰り早速、服やズボンを脱ぎちらし解放感を味わう。その衣服から幼い汗の匂《にお》い。「稚く」の把握に感性の資質を見る。

昭和26年作

清《せい》明《めい》の路《みち》ゆく媼《おうな》が念珠かな　蛇笏

春分から十五日目が清明であり四月四日となる。清明は清浄明潔の略。春のいきいきとしたさまで南から燕《つばめ》が来て、雁《かり》や鴨《かも》は北に帰った季節。参詣《さんけい》の老婆は手に数珠を提げて陽炎《かげろう》の中を行く。うららかな農村の点景。

昭和3年作

千里より一里が遠き春の闇《やみ》　龍太

千里といえども心の通うことであるならば、そんなに遠いとは考えない。それが、一里の近距離でも、心の通わない嫌なことであれば、千里の遠さにも感じられる。ほのかな明るさを持つ春の闇の中で、ふとそんな思いにかられた。

昭和63年作

春暁《しゅんぎょう》や花圃《かほ》ぬけてゆく水《みず》貰《もら》ひ　蛇笏

春の曙《あけぼの》は清少納言の時代から日本の天然美の代表格。春暁は春の曙と同じでようやく山際もしらんだ夜明けの刻。そんな薄暗いなかを花畑をぬけて近くの井戸に水をくみに行く人がいる。写実に格調のある蛇笏二十五歳の作。

明治43年作

紺《こん》絣《がすり》春《しゅん》月《げつ》重く出《い》でしかな　龍太

紺絣は少年時代によく着た紺の絣の着物。そのかなたに蜜柑色《みかんいろ》をした大きな春の月が、山の上に出てきたという情景。初期において作者の名前が俳壇で重きをなした一作。何か神秘的な童話の美しい世界にいるような感じをうける。

昭和26年作

わらべらに天かがやきて花祭　蛇笏

花祭は釈迦誕生の日を祝う祭で、各寺院では花で飾った小堂に、天上天下唯我独尊の像を安置しそれに甘茶を注ぐ。四月八日がその日に当たる。この花祭に集まるのは子供が中心で、春の陽光が天にかがやき未来を祝福している。

昭和24年作

燕《つばめ》来る祖父の檜《ひ》山《やま》の彼方《かなた》より　龍太

四月五日から九日ころまで七十二候で玄鳥《つばめ》来る節となる。甲府盆地でも燕を最初に見るのは平均するとこのころ。祖父が植えた檜山を眺めると、今年初めての燕が群をなし飛んでいる。燕に託した春のなごやかさが光を放つ。

昭和59年作

人あゆむ大地の冷えやはなぐもり　蛇笏

桜の花が咲く季節になると小雨が降ったりどんよりと曇ることが多い。そんな曇った日のことを花曇という。ときに空も地も冷え冷えとする日がある。爛漫《らんまん》の花どきにこうした花曇の冷えが、人の歩んでいく道にもあるのだと。

大正6年作

山に入る橋の足音灌《かん》仏《ぶつ》会《え》　龍太

灌仏会は陰暦四月八日、釈迦の誕生日を祝って寺院で行われる法要のこと。山にある寺に入るには橋を渡って行く場合が多い。おそらくこの句は木で造った橋であろう。善男善女が足音を響かせて橋を渡り参詣《さんけい》に行く。

昭和52年作

春の霜身が窶《やつ》る詩を念《おも》へども　蛇笏

俳句はたった十七音でもののいのちを表す世界で一番短い詩型。それ故に全身全霊をもって作句するから痩《や》せ衰えていく思い。春の霜は厳しくはかない。蛇笏俳句のあり方が率直に表現され、格調の正しさを堅持した人の詠嘆。

昭和22年作

虚子忌はや落花の浄土《じょうど》なまぐさし　龍太

昭和三十四年四月八日八十四歳で高浜虚子は没す。花鳥諷詠を旗印に多くの俳人を育成し世に送った。それからはや十七年。菩薩《ぼさつ》のいる清浄な世界まで俗気が横行してなまぐさくなってきた。桜の花の散るなかで一体どこに行けば、と思いにふける。

昭和51年作

ぬぎすてし人の温《ぬく》みや花衣　蛇笏

花衣は花見のときに着る女性の晴れ着のことで、その脱いだ着物にまだ体温が残っている光景から、何か艶《つや》めいた感じをうける。それは花衣という言葉の雰囲気であり、蛇笏が大正期に見せた妖婉《ようえん》の手法のなかの一句である。

大正13年作

母いまは睡《ねむ》りて花の十《じゅう》姉《し》妹《まつ》　龍太

この十姉妹は母の腹部手術が成功して、句会からお見舞いに贈られた小鳥籠《かご》であることが解説にある。桜の花の匂《にお》うなかで経過もよく穏やかに眠っている母。その窓辺で繁殖力旺盛《おうせい》な十姉妹が美しい声で鳴いていた。この年の秋他界された。

昭和40年作

百姓のみな燈《ひ》をひくく春祭　蛇笏

春祭は四月中旬ごろに多く行われる。一宮町の浅間神社の御幸祭も十五日である。昼間のざわめきが夜に入ると静まりかえり農家の一戸一戸が燈を低く吊《つ》っている。このひくくの把握に蛇笏の戦後の憂愁が感じられる。

昭和26年作

桜湯を含めばとほる山がらす　龍太

桜湯は八重桜の花を塩漬けにして湯飲みに入れ熱湯を注いだもの。祝いの席によく使うのは、湯を注ぐと花が開きほのぼのとした香りがするためか。その桜湯を口にふくんだとき山鴉《やまがらす》が通った。瞬時の偶然を必然に高めた作。

昭和46年作

山藤の風すこし吹く盛りかな　蛇笏

山藤は庭園に植えられている藤より花房は短いが、蔓《つる》が木の幹にからみ高くまで伸びているので、思わぬ所に花の咲いているのを目にする。春風のかすかに吹くなかで花房の揺れているさまは、人気のない山中であれば野趣に富む。

昭和2年作

花スミレこの世身を守《も》るひとばかり　龍太

「戦に果てし旧友の誰彼《たれかれ》をおもへば」という前書のある作。スミレの花が色鮮やかに咲く平和になった現在は、自分の身を守ることのみに懸命。戦死していった旧友の誰彼も国を守るためにわが身を捨てた。スミレの花に旧友の顔が浮かぶ。

昭和60年作

一生を賭《か》けし俳諧春の燭《しょく》　蛇笏

春のともしびは四季の中で最も華やいだ感じはするが、どこか愁《うれ》いのある繊細さをも持つ。その燭のなかで人生を振り返ってみると、俳諧のために一生をかけてきた、としみじみ思う。俳諧は俳句より古く重厚感のあるひびきを持つ。

昭和26年作

百《もも》千《ち》鳥《どり》雌《め》蕊《しべ》雄《お》蕊《しべ》を囃《はや》すなり　龍太

甲州の春に著名俳人八人が集まった句会を、小説家小林恭二が一冊の新書判に書き下ろしたなかの一句。百千鳥は一羽の鳥の名前ではなく囀《さえず》りと同義。春の花々の雌しべ雄しべの秘めごとを囃したてるかのように囀る、のどかな春の景。

平成2年作

春月にふところひろき名所山《みょうしょざん》　蛇笏

前書に「郷土山嶽《さんがく》」とある名所山は、御坂山系の中にあり、藤垈《ふじぬた》の滝の後ろに見える境川村の山塊。春の月に照らされて名所山の懐の広さが潤いをふくんで黒々と見えてくる。前書があってこそ名所山を知ることができる作。

昭和26年作

春がすみ詩歌密室には在らず　龍太

詩も歌もことに俳句は書斎に閉じ籠《こ》もっていたのでは生まれない。春が深まり遠山も空も霞《かす》むのどかな季節には、外に出て深呼吸をして歩くこと。俳句の素材が足元にころがっている。詩歌の真実を言い表した見事な一作。

昭和50年作

花のこる桃の芽伸びし墓畔《ぼはん》かな　蛇笏

桃の花はピンク色から緋色《ひいろ》に変化すると散りはじめる。まだ花は残っているが、すでに枝は若緑の芽が伸び出している。墓域の近くに植えられている桃畑の景であるが、桃の芽吹きを克明に描いた奥に自然と人間のいのちが溶け合う。

昭和21年作

湯の少女臍《へそ》すこやかに山ざくら　龍太

山の温泉がうかんでくる。湯の窓から山桜の咲いているのが見え、湯槽では少女が湯をかけあって遊んでいる。まだ人目を気にしない女の子の歓声がひびく。事実は野沢温泉の作だが、どこの温泉地でもよい普遍性がある。

昭和32年作

蒲公英《たんぽぽ》や炊《かし》ぎ濯《すす》ぎも湖水まで　蛇笏

明治期の自然が人工で汚染されていなかったころの作。蒲公英も西洋種に圧倒されていない可憐《かれん》なもの。米をとぎ野菜を洗い濯ぎものまで湖の水や、川の水を使っていた。蛇笏二十代の目がこの時代の生活をとらえる。

明治45年作

夜の雨ひびき蚕飼《こがい》の世は去りし　龍太

春も半ばになると蚕のふ化がはじまりいよいよ養蚕の支度であわただしくなる。しかし、もう蚕を飼う時代は過ぎてしまった、という感慨が夜の雨音を聞きながら深む。次々に変化していく世の中をしみじみと考える。

昭和59年作

梢《こずえ》のみゆる風日の雉子《きぎす》鳴く　　蛇笏

辺りの木々の梢だけが強風で揺れている。平地では見られない景であるが、山峡では上空の風は強いのに、地上は風がほとんどないときがある。そんな日に雉子《きじ》がけたたましく鳴いた。鳴くのは雄で鋭く春の繁殖期の縄張りを誇示する。

昭和37年作

春の夜の肌着をたたむ末娘　　龍太

この句は春の夜が重点で、読む者にやわらかな艶《つや》めいた情感を与える。春以外の季語では肌着をたたむ行為が、生活感を重くしてしまう。末娘という措辞は現実の作者の末娘ではあるが、読者のだれもの末娘となっている。

昭和47年作

春蘭の花とりすつる雲の中　蛇笏

春蘭は山林の日当たりのよい場所で見かけ、春に淡黄緑色に斑が入った花をつける。裏山を歩いていると、枯葉の中から春蘭の花が可憐《かれん》に幾本か咲いていて、何気なく抜いては捨てる。雲の中の一語が春蘭に高貴さを与える。

昭和4年作

黒猫の子のぞろぞろと月夜かな　龍太

龍太先生の家の精悍《せいかん》な黒猫が素材になっていると思った。俳句では猫の子が春の季語となっている。この季節に生まれるのが多いためか。説明する必要のない明快の作で、ぞろぞろと行く子猫に、春の月が差しているさまは俳句ならではの至芸。

昭和48年作

榛《はん》の実の吹きちる池や蝌《か》蚪《と》泳ぐ　蛇笏

春になると榛の木の枝に小さな松毬《まつかさ》のような実が、垂れさがった花に交じって見える。風に吹かれその実が飛ばされ池に泳ぐ蝌蚪の中に落ちる。蝌蚪はお玉杓子《たまじゃくし》のこと。榛の実と蝌蚪が季節の移りゆく姿を的確にとらえる。

昭和17年作

遠《とお》蛙《かわず》やがて男の咳《せき》きこゆ　龍太

隣室相思と見ゆ

あえて前書を標記した。七文字であるが余情の楽しさに尽きないものが生まれるため。蛙《かえる》の声のきこえてくるような旅館の隣室に、男の咳が春夜の蛙の声にまじってきこえてきた。やがての表現は絶妙、読者はそれぞれに想像すればよい。

昭和32年作

楤《たら》の芽に日照雨《そばえ》してやむ梢《こずえ》かな　　蛇笏

楤の芽は梢につく性質があり、この芽をてんぷらにすると独特な季節の風味であるが、山に入ると木を折る不届き者を見かける。太陽が照っているのに雨が楤の木を濡《ぬ》らして過ぎる。夏に近い暮春の季節を写生して弛《たる》みがない。

昭和11年作

春の蟬拇《ぼ》印《いん》の朱肉拭《ぬぐ》ふ間も　　龍太

春蟬は松林によく鳴くので松蟬とも言う。蟬の中で一番早く耳鳴りのように鳴く。親指についた朱肉を紙で拭《ふ》く間も休まず春蟬が鳴く。この句からいろいろな場面を想像できるが、三十年前の作なのでスピード違反のときなどはどうだろう。

昭和45年作

旅終へてまた雲にすむ暮春かな　蛇笏

この年の四月二日に出発し五月上旬帰庵した大陸の旅では、北京放送局で一茶について講演放送をしている。長旅を終えて境川村に帰り、雲と棲《す》むことの安堵感《あんどかん》を春が終わる山峡の空にもらす。雲は蛇笏にとって詩の源泉であったのだ。

昭和15年作

春暁《しゅんぎょう》のあまたの瀬音村を出《い》づ　龍太

夜明けが少し早くなりほのぼのと物が見えてくるころが春暁である。まだ村は寝静まっているが、あちこちの川の流れは急坂であるから速く遠くまで響いている。その瀬音に引かれるようにこの時代の作者の気持ちが表現されている。

昭和29年作

植林を終ふ娘《こ》らが手をみな垂れぬ　　蛇笏

植林をする娘らは昭和十五年であるから勤労奉仕の女学生か。山の斜面に苗木を揃《そろ》って植え進んで行く。いまその植林作業が終わり、どの娘らも泥まみれの手を垂れて植えた苗木を見つめる目に、疲労と充実感が同居している。

昭和15年作

空果てしなき山《さん》稜《りょう》に植樹の声　　龍太

四月二十九日はみどりの日。全国で植樹をする所が多く、山梨県でも植林の催しがあちこちであるだろう。山稜とは尾根のことで峰から峰へ続く線。真っ青に晴れた空は果てしなく、山の頂から植林をしている人々の声が、どよめくようにきこえてくる。

昭和47年作

きくとなく山端の風の春の蟬　蛇笏

春蟬は晩春から鳴きはじめるが、夏の季語となる。遠くで聞くと耳鳴りがしているように感じられる。端山の松から風と流れてきて、聞くともなしに耳に入った今年最初の蟬の声である。晩年の静かな心境の中で自然を完璧《かんぺき》にとらえた作。

昭和34年作

四月尽朱の箸《はし》流れくることも　龍太

季候が最もよく花々は咲き祭も多かった四月は今日で終わる。四月尽は過ぎて行く花の季節を惜しむ心に、どこか物寂しさが感じられる季語である。渓川の上流から朱の塗り箸が流れてきた。そんな些細《ささい》のことにも四月の終わる寂しさがある。

昭和55年作

五月

照る雲に葡萄《ぶどう》山畑《やまはた》五月来ぬ　蛇笏

俳句では五月六日の立夏の前日までが春の季となる。しかし、五月は夏の季語。若葉がきらめき、鯉幟《こいのぼり》が立ち、行楽の季節への感慨が、五月来ぬという詠嘆にある。中央線が山際を走る石和から勝沼までの景が、この句から鮮明に浮かぶ。

昭和24年作

きんぽうげ川波霧を押しひらく　龍太

金鳳花《きんぽうげ》は晩春から初夏にかけて畦道《あぜみち》や堤などで黄色の五弁の花をひらく。おりからの霧を押し開くように川波が激しく立つ。笛吹川辺りの景。霧が去ったあとに金鳳花の鮮黄色の花が輝く。平仮名書きにして花の印象が濃くなる。

昭和28年作

唐《から》櫃《びつ》は玄関におけ松の花　蛇笏

唐櫃は脚が四本または六本あり衣服・甲冑《かっちゅう》・文書などを入れたもの。装飾品としても美しく、担ってきた人夫にその唐櫃をひとまず玄関におけと命令する。その頭上に松の花が見える。切れ味のいい不思議な作である。

明治44年作

種子蒔《ま》いて即日の愛薄《はく》暑《しょ》光《こう》　龍太

種を蒔き終わった後の気持ちはこの句の通り。花や野菜の場合など蒔き終わるとすぐに散水して、土をじっと見つめる。まさに即日の愛であり、自然と人間が溶け合った潤いのある言葉。俳句でこれまで使われていなかった新鮮な魅力を持つ。

昭和37年作

瀧《たき》おもて雲おし移る立夏かな　蛇笏

いよいよ夏に移っていく季節のなかで、滝の落ちる白さは格別。山中で出合ったあまり知られていない滝の感じがする。雲がその滝をよぎって行くたびに、落下する水の白さが増す南画の世界。雲は蛇笏の心の風土。五月五日は立夏。

昭和13年作

山腹にみどりを放ち幟《のぼり》立つ　龍太

端午の節句のころになると山の若葉も緑を尽くして生気が匂《にお》いたつ。山腹のあちこちの集落に五月幟が立つ。吹き流し・鯉幟・武者絵幟など溌剌《はつらつ》として緑を放ち風に音をひびかせる。初夏の生命力あふれる菖蒲《しょうぶ》の匂いまで感じられる。

昭和45年作

軒《のき》菖《しょう》蒲《ぶ》うす目の月の行方あり　蛇笏

家から邪気を除いたり、火災を起こさないように端午の節句に菖蒲を軒に挿す風習が軒菖蒲。いまはあまり見られなくなった。空には薄目をしたような朝の月がかかり、少しずつ西の方向に進む。その月の行方を侵すことは誰《だれ》にもできない。

昭和30年作

雪月花わけても花のえにしこそ　龍太

前書に「悼山本健吉先生」とある。日本美を代表する雪月花の心を持った評論家。特に桜の花に寄せる思いは深かった。悼句は死者が喜ぶことを第一とする。七日は健吉忌。この句を読み目を細め満足していることだろう。

昭和63年作

炉語りや五月八日の夜の情　蛇笏

「『楢山節考《ならやまぶしこう》』の著者深沢七郎氏来訪」と前書がある。この時の様子は座談会で「雲母」七月号〈楢山山麓《さんろく》の一夜〉に掲載され、炉を囲み小説から女性のことにまで及ぶ。まさに夜の情であり、蛇笏、七郎、龍太、冨司夫の話は尽きない。

昭和33年作

少年の影克明に四十雀《しじゅうから》　龍太

四十雀は繁殖期が初夏でよく鳴くから夏の季語になっているのか。群れているのを目にするのは晩秋から冬。黒い頭に白い頬《ほお》で雀くらい。四十雀の鳴き声を聞いている少年の手足まで初夏の日が丹念に影をつくる静かなひととき。

昭和36年作

やまがつのうたへば鳴るや皐月川《さつきがわ》　蛇笏

やまがつは漁師とか樵《きこり》のことであるから、谷間を登る山仕事の人夫が大きな声で歌うと木霊《こだま》が鳴るようにひびいて返る。五月の川もまた歌声のように流れる、初夏の情感が満ちあふれる作。やまがつは漢字では山賊と書く。

大正5年作

日々明るくて燕《つばくら》に子を賜ふ　龍太

何というういしい俳句であろう。巣には孵《かえ》ったばかりの子燕《こつばめ》が、全体口と思えるように開いて餌《えさ》を待っている。五月上旬のよく晴れた日が続くと、燕は遙々《はるばる》渡って来た日本の家々の軒で子を育てる。天から賜ったような紫紺の子燕である。

昭和42年作

白《はく》牡《ぼ》丹《たん》萼《がく》をあらはにくづれけり　蛇笏

萼は花の外側で花弁を支えるもの。白牡丹が崩れ散るときになれば、ことさらに萼の存在が力強い。写実の力を存分に表現した作で、牡丹から目をそらさず見つめていなければ、萼をあらはにという発見を得ることはできない。

昭和21年作

巖《いわ》を打つ水の雄《お》心《ごころ》山《やま》女《め》釣り　龍太

山女は夏でも水の冷たい所でないと生息しないので渓流も山深い場所。川に大きな岩があり勢いよく流れてきた水は岩に当たり飛沫《しぶき》をあげる。そのさまはおおしく勇ましい。そこを狙って山女釣りは糸を垂れる。雄心の勝利。

昭和50年作

渓《たに》の樹《き》の膚《はだ》ながむれば夏きたる　蛇笏

境川村には欅《けやき》の大樹が多く目につく。旧家の屋敷内や渓谷添いに、子供が五人で手を廻しても届かない大木がある。幹は真っ直ぐに伸び梢《こずえ》の若葉が風に揺れる。どっしりとした幹の膚が輝き、夏に入ったすがすがしさをみなぎらせている。

昭和24年作

山つつじ照る只中に田を墾《ひら》く　龍太

戦後の食糧難時代の作。山つつじが血のように燃える中で、山を開墾し田を起こす。山つつじの真っ赤な花が太陽に照り、汗に濡《ぬ》れた体まで染まっていくようだ。当時のことが鮮明に浮かび、俳句の志が田を墾くなかに込められている。

昭和28年作

伯母逝《ゆ》いてかるき悼みや若《わか》楓《かえで》　蛇笏

蛇笏初期の充実した時代の作で、伯母という現実を表し成功している。天寿を全うしての死であることが、かるき悼みという言葉で表現され、およそ悼みにはそぐわない若楓が、きっちり調和するのは、かるきの言葉による。

大正4年作

水《みず》垢《ご》離《り》の水流れくる著《しゃ》莪《が》の花　龍太

早川町赤沢にある白糸の滝での作。白衣に身を包み滝垢離に打たれる水は真夏でも肌をさす冷たさ。その水の流れる川沿いに白紫色の日陰に似合う著莪の花が咲いている。水垢離と少し寂しげな著莪の花の取り合わせが美しい。

平成2年作

乳《ち》をすてゝ昼月仰ぐ新樹かな　蛇笏

今より栄養が良かったわけでもないのに、この時代は母親の乳が多く出て赤子が飲みきれず捨てた話を聞く。母乳を五月の新樹の下に捨てて空を仰ぐと、昼月がぼんやりとあった。新樹の緑と母乳のあふれるいのちの歓喜が感じられる。

昭和9年作

もの憂きは五月半ばの杣《そま》の顔　龍太

今年も五月の半ば、梅雨の季節にすぐ入る。光陰矢の如しの通り月日は容赦なく過ぎ、若葉がまぶしい。そんな折にふとすれ違った木こりの顔に暗い苦渋の陰を見た。五月半ばの言葉を得て、もの憂きは杣と同時に辺りの風景にも及ぶ。

昭和51年作

花闌《た》けてつゆふりこぼす牡丹かな　蛇笏

牡丹の花がまっ盛り。薄紙をもんで開いたような花弁からつゆがこぼれ落ちる。このつゆの把握により白牡丹ではなく、色の鮮やかな系統が感じられる。ふりこぼすには、かすかな風もあり紅の色であろうか、妖艶《ようえん》さが漂う。

昭和2年作

月の夜は好きか嫌ひかなめくぢり　龍太

蛞蝓《なめくじ》はなめくじりとも言って、湿った暗い場所が好きな軟体動物。月が皓々《こうこう》とさす五月の夜をなめくじは好きであろうか、嫌いであろうか、という疑問がわく。太陽の光は嫌いであっても月の光はどうであろうか。創作意欲豊かな作。

昭和48年作

老《ろう》鶏《けい》の蟇《ひき》ぶらさげて歩《あ》るくかな　蛇笏

蟇はヒキガエルの別称。年老いた鶏が嘴《くちばし》に蟇をぶらさげて歩いている光景。老鶏が重そうにくわえている蟇から滑稽感《こっけいかん》と気味の悪さが感じられる。日常生活のなかでふと見たものをきっちりと表して独自性の強い作とした。

昭和13年作

幹たたく若きてのひら夏の富士　龍太

梧桐《あおぎり》か欅《けやき》のような幹の太い木と、高校生くらいの若い掌《てのひら》が対象となっている。怒りや哀《かな》しみのあらわな青春期の動作が、物の見事に表現され、夏の富士がある以上、哀しみではない。雪渓が鮮明に見える夏富士からは希望が湧《わ》く。

昭和39年作

初夏の手《て》籠《かご》に満てし紅《べに》蕪《かぶら》　蛇笏

色彩感豊かな作。若葉の中にある手籠から赤蕪がこぼれ出るばかり収穫されている。まっ赤にはまだならない薄紅色の蕪であったのが、初夏の季節と調和し詩情を醸す。完全に赤色となっていないものを、紅蕪と表現したのは蛇笏が最初。

昭和17年作

空に香が溶けつ離れつ朴《ほお》の花　龍太

初夏の山峡を歩くと頭上で芳香がした。見上げると、黄白色の大きな朴の花が咲いている。大木にならないと花がつかないので、まさに空に花の香りが溶け、しばらくすると地上に匂《にお》ってくる。溶けつ離れつは朴の花を言い得て妙。

昭和50年作

砲音の樹海をわたる雪解《ゆきげ》富士　蛇笏

陸上自衛隊の演習であろうか、砲音が青木ケ原樹海をひびいてわたる。その樹海の上に雪解けのはじまった富士山がそびえる。湖と樹海を前にした富士山の襞《ひだ》に残雪が真白く筋をなして輝く。砲音は異様であるだけに心に残る。

昭和30年作

馬銜《はみ》掛けしままの柱も夏めく夜　龍太

馬銜はくつわの一部で、馬の口にくわえさせる部分。物置の柱であろうか、もう馬はいないが馬銜だけが残されている。若葉の匂《にお》いのする夜風に、失われていくものへの哀愁がつのる。時の流れを馬銜によって表現した作。

昭和53年作

薔《そう》薇《び》園《えん》一夫多妻の場をおもふ　蛇笏

遊園地での作。薔薇《ばら》が多彩に咲き、香りがあふれる中であれば、こんな感じを受けるであろう。一夫多妻と思い切った表出で薔薇園が明るくハレムのようになる。現今では山梨県芸術の森公園のバラ園が、そんな感じを誘う最適の場所。

昭和31年作

どこにありても南風は故郷の風　龍太

初夏の南風の清々《すがすが》しさは山腹の小黒坂集落であれば、より身にしみて若葉の匂《にお》いがする。他郷に逗留《とうりゅう》しても南風に吹かれると故郷の山河のみどりを想い出す。南風の湿りある潤いが、故郷の風だと感じることに生まれ育った地への愛がある。

平成元年作

雨蛙《あまがえる》とびて細枝《ほそえ》にかゝりけり　蛇笏

小さな雨蛙は葉の上では緑に染まり、木の幹に移ると茶色に変わる。いま地上にいた蛙が、ぴょんと細い枝に飛び移る。枝は揺れ蛙は落ちそうだが必死にしがみつく。そんな光景が想像できるのは、細枝という表現にかかっている。

大正12年作

病母《びょうぼ》出て石踏む音す閑古鳥　龍太

この年の十月に癌《がん》の病で亡くなった母親菊乃が対象。庭の敷石を踏む下駄《げた》の音がするのは母のもの。体の調子がよいのだろうか庭を見回っている。折から閑古鳥の啼《な》く明るい声がきこえる。そこに病気回復の祈りがこもる。

昭和40年作

機《はた》街《まち》の一と筋さきに雪解《ゆきげ》富士　蛇笏

前書に「嶽麓《がくろく》都市富士吉田」とある。街筋の正面に、でんと雪解けの始まった富士山が、驚くような大きさで迫る。ことに雪解けどきならば、荒々しい山襞《やまひだ》が、くっきりと見え、街筋からは機を織る音がきこえてくる。

昭和22年作

子の皿に塩ふる音もみどりの夜　龍太

幸福感に満ちている作で、龍太俳句の省略の見事さが勉強できる。子の皿のものは表現されていないが、レタスかセロリのような野菜で、その上に塩を振る音がする。若葉の緑がガラス越しに見える、一家団欒《だんらん》の夕餉《ゆうげ》の景。

昭和41年作

山《さん》塊《かい》を雲の間にして夏つばめ　蛇笏

山塊は断層で周囲を限られた山地と辞書にあるが、この句を読んですぐに浮かんだのは甲斐駒ケ岳。雲の切れ間からのぞく男性的な山塊を遠眺する作者の前を飛翔《ひしょう》する夏燕《なつつばめ》の紺。描いた世界に蛇笏ならではの気魄《きはく》が満ちる。

昭和30年作

粉わさびつんとにほへば夏めく夜　龍太

粉わさびを水で練ると、練るほどつんと鼻に通り涙が出て辛味が湧《わ》く。この香りはまさに夏めいた匂《にお》いで、夕餉《ゆうげ》支《じ》度《たく》の明るい団欒《だんらん》の一コマである。夏に入った新緑の夜が背後にゆったりと広がり、さわやかな感じのする作。

昭和48年作

羽《は》蟻《あり》地にむれて影曳《ひ》く薄《はく》暑《しょ》かな　蛇笏

薄暑は初夏の少しの暑さを感じる気候。そんな暑さに無数の羽蟻が、土台や柱の朽ちた場所から湧《わ》き出て、ひと塊となりうごめいて黒い影をひく。対象をじっと見つめ、羽蟻の影も見逃さず写生したなかに季節感があふれる。

昭和31年作

筍《たけのこ》の穂先にかすむ甲《こ》武《ぶ》信《し》嶽《だけ》　龍太

五月も下旬になると筍も伸び根元の節から順に皮を脱いでいく。もう人の背丈より大きくなった筍を見上げると、埼玉・長野・山梨の県境に甲武信嶽がかすんでいる。この句、声をあげて読むと、俳句独特のひびきが心地よく伝わる。

昭和47年作

乱《らん》鶯《おう》のこゑ谷に満つ雨の日も　蛇笏

高原や山岳地域で夏になっても鳴いている鶯《うぐいす》のことを老鶯・乱鶯・夏鶯と俳句では表している。この乱鶯の鳴き声が谷の八方からきこえてくるのは繁殖のため。夏の日でも盛んに鳴くのを聞き、鶯の生命力の旺盛《おうせい》さに驚く。

昭和31年作

大泉村百草の香にまみれ　龍太

前書に「八ケ嶽山麓《たけさんろく》」とあるので山梨県北巨摩郡大泉村のこと。多くの種類の草々が勢いよく伸びて、いろいろな香を放つ。百草の香とは龍太俳句ならではの新鮮な把握で、山麓の夏の様子をあますことなく表している。

昭和48年作

六月

更衣《ころもがえ》地球儀青き夜を愛《め》づる　蛇笏

俳句では夏の衣服に着替えることを更衣という。高校・中学校などは六月一日に一斉に更衣をする。夏着で夜の机に向かうと地球儀の海の青さが、外の若葉と溶けて得も言われぬ心地よさ。梅雨季《つゆどき》前の新緑が匂《にお》うばかりの作。

昭和14年作

卯《う》の花《はな》腐《くた》し山国は墓所多し　龍太

卯の花を腐らせるように降り続く雨を卯の花腐しという。こんな暗鬱《あんうつ》な日に外出すると墓がよく目につく。何と山国は屋敷墓もふくめて墓所が多いことだろう、と改めて驚く。この思いが俳句のいのちとなり作句されている。

昭和50年作

茯《ぶく》苓《りょう》を一《いっ》顆《か》になへり登《と》山《ざん》杖《づえ》　蛇笏

茯苓は松の根に寄生するキノコの類。形は甘藷《かんしょ》に似て薬用にするという。富士山五合目で強力《ごうりき》が掘っていたものを、杖の先に結わえ担いだ。一顆は一個のことであるから、担いで行く茯苓の大きさが判断できる。蛇笏独壇の着眼。

昭和7年作

セルを着て村にひとつの店の前　龍太

セルはオランダ語で初夏に着る軽い毛織りの和服。いわば間着《あいぎ》である。小黒坂には雑貨品から食料品まで販売している店は一軒だけ。セルを着て涼しさに誘われふらっと外出したのであろう。村に一つの店で環境のすべてが語られている。

昭和41年作

愛着すうす黴《かび》みえし聖書かな　蛇笏

読んでいる聖書の黴を見ての作。聖書の表紙は真っ黒であるから灰色の薄黴がはっきり目に入る。蛇笏は仏教徒であるが、聖書は机辺において読んでいる愛着の一書。このところ手にしなかったこだわりが黴の季語にこめられる。

大正13年作

日暮まで梅もぐ梢《こずえ》揺れとほす　龍太

最近は小梅の出荷が早くなり五月下旬にもぐようになった。一時期梅の価格が高くどこの家でも梅の木を植え、生産過剰で今は安値。日暮れまで梅の木を打って落とし、登ってもぎ遠目にも茂った梅畑の梢が揺れる。的確な情景把握が光る。

昭和42年作

鈴おとのかすかにひゞく日傘かな　　蛇笏

蛇笏十九歳の作。上京して詩に熱中していた時代である。かっと射《さ》す太陽の下で日傘の鈴音が、かすかではあるが鮮明にきこえてくる。暑さで静まりかえっている昼下がり、足音もたてずに歩いて行く妙齢の女性。美しい中に凄《すご》みが感じられる。

明治37年以前作

麦の穂に山径《やまみち》たよりなく細る　　龍太

山梨県では近年麦の栽培が見られなくなった。麦の穂がさやさや風に触れる音がよみがえり、麦秋の懐かしい色彩が湧《わ》く作。山の小道は次第に細り、麦畑の穂波も見えなくなると心細いほどの道となる。そこに山住まいの憂愁がある。

昭和35年作

夏山や急雨すゞしく書にそゝぐ　蛇笏

この句には「南ア連峰窓に聳《そび》え、春日山の翠微眉《すいびまゆ》におつ」の前書がある。境川村の自宅を過ぎてゆく夕立が涼風を呼び、山と積まれている本にも注ぐ。春日山は背後にある山でその薄緑色の夏の山気が眉にまでおよんでいる。

大正4年作

仰ぎ見る窓みなやさし夏めく日　龍太

仰ぎ見ているのだから高層の建物。例えば県庁や病院を想い描いてもいいだろう。周りに青葉が茂り高階のどの窓からも明かりが漏れている。夜とは文字にはないが、窓みなやさしの表現に夕暮れの夏めいた感じがある。

平成3年作

河鹿《かじか》なきおそ月滝をてらしけり　蛇笏

水のきれいな谷川に生息し美しい声で夏の夜に鳴く蛙《かえる》が河鹿。同じ谷川の清流に棲《す》む鰍《かじか》は食べると美味で秋の季語。夜更けの月が皓々《こうこう》と遠景の滝を照らし静まり返った足元で河鹿が豊かに鳴く。こんな美しい光景はもう見られない。

昭和17年作

短夜《みじかよ》の水ひびきゐる駒ヶ嶽《たけ》　龍太

この季節になると日の出は四時三十分、日の入りは十九時ごろであろう。まさに短夜である。渓流の激しい水音のひびきに目が覚めて外に出ると、彼方《かなた》に駒ヶ嶽が明け白みくっきりと浮かぶ。それぞれの言葉が手を繋《つな》ぎ合って余韻を広げる。

昭和42年作

青草をいつぱいつめしほたる籠《かご》　蛇笏

一読すると誰《だれ》にも作れそうな気がするが、いっぱいの把握はなかなか得られない。蛍籠の中には濡《ぬ》れた青草がつめられ、捕った蛍の青白い光が明滅する。蛍の光は文字になっていないが、省略された余情の中に見えてくる。

昭和8年作

花終へし木に鳴く鳥は梅雨のこゑ　龍太

暦の上では六月十日が入梅でこの日から梅雨に入る。初夏に咲いた花々が終わり今は濃緑の青葉の季節。その木で鳴く鳥声は何か湿気をふくんでいる。もう雌鳥は卵を温めているのかもしれない。うながすように雄鳥が鳴く。

昭和50年作

あをあをと墓草濡《ぬ》るる梅雨入《ついり》かな　　蛇笏

暦のうえではもう入梅。カマキリが生まれ、ぼつぼつ蛍が舞い出す時季。山廬《さんろ》には屋敷墓もあるが、この句は墓域での作であろう。どの墓も盆前で草が伸び濡れている。その光に梅雨入りの季節を清《せい》冽《れつ》な流れとして受けとめた。

昭和21年作

柚《ゆ》の花はいづれの世の香ともわかず　　龍太

五感の中の臭覚が存分に働いている作。ちょうどいまの季節は山《やま》裾《すそ》で柚子《ゆず》の花が満開。甘酸っぱい芳香が漂う。その香りを前世か現世か来世か分からないと表現している。歌人の塚本邦雄は臭覚鋭敏な北原白秋と並ぶ句という。

昭和53年作

採る茄子《なす》の手籠《てかご》にきゆァとなきにけり　蛇笏

菜園の茄子が紫紺に輝き朝の湿りで濡《ぬ》れている。手籠はいつか満杯になっており、あふれる茄子を押すときゆァと声をあげる。茄子の収穫をしたことがある人ならば経験しているのだが、きゆァの措辞がだれにでもは得られない。

昭和7年作

雲のぼる六月宙の深山《みやま》蟬《ぜみ》　龍太

六月の山の上を黒々とした雲が湧《わ》きのぼる。この季に鳴くのは深山であれば松蟬であろうか。群れ鳴く蟬声が空にまでひびいていくようだ。空の青さを埋めていく雲の動きに負けじと深山蟬が鳴く。二つの動きが統一されて激しさを増す。

昭和43年作

とりすてて鈴蘭《すずらん》の香の地《つち》に浮く　蛇笏

鈴蘭は繁殖力が旺盛《おうせい》で庭に移植するとあっという間にはびこる。抜き取って捨てるとその花の香りが土に浮いているように匂《にお》った、という作。鈴蘭はかわいい花で香りも良いが貪欲《どんよく》な活力を持つ。「地に浮く」で花瓶《かびん》にあった花ではない。

昭和36年作

抱く吾子《あこ》も梅雨の重みといふべしや　龍太

梅雨の降るなかで、前年誕生した一歳の二女を抱いた感じが、ちょうど梅雨の重さほどだろうと思う。初期の作であるだけに感覚的な受けとめ方をしているが、吾子の重さの表現で、見える句となり、見えない梅雨の重さが心に伝わってくる。

昭和26年作

山中の蛍を呼びて知己となす　　蛇笏

山廬《さんろ》の渓川は昔にかえり、蛍の光を少しであるが見ることができるようになったときく。四十年近い前の作であるから、このころは多く舞っていたのだと思う。その蛍が心を許す友だとするなかに、老境の孤独感がひしひしと伝わってくる。

昭和36年作

啼《な》く鳩《はと》のところさだめて梅雨の日日　　龍太

この鳩は野山にすむ雉鳩《きじばと》で「ででっぽうほう」と鳴く。梅雨になると庭の樹木の茂りに巣を造ることもあり、鳴く場所もこの木の中といったように定まる。鬱陶《うっとう》しい梅雨の日々と、雉鳩の鳴く声が溶けあって暗色の思いを深める。

昭和25年作

樹海出て青草の香や夏嵐《なつあらし》　蛇笏

広がる森林を上から眺めたのが樹海。富士山麓《さんろく》の青木ケ原樹海がある。その森を抜けると全身に青草の香りがしみていた。夏嵐は青嵐のことで青葉の茂る中を吹く強い南風。青葉の季節を詩情豊かに表現して生命力を宿す。

昭和18年作

太宰忌の身を越す草に雨の音　龍太

梅雨季《つゆどき》の暗鬱《あんうつ》な玉川上水に入水自殺した太宰治の忌日は、桜桃忌ともいって六月十九日に修されている。川岸を眺めると葦《あし》が青々と背丈を越えるほどに伸び、降る雨は草々をうってひびく。その川の流れに太宰治の面影が浮かびあがってくる。

昭和52年作

植ゑし田の中の巨石や忘れ笠《がさ》　蛇笏

山麓《さんろく》に広がる田の中に驚くような大きな岩があるのを目にする。開拓した田に多いようだ。その岩に田植笠が忘れられていた。まだ田植えが終わったばかり。緑の苗がそよぐ田の岩の上に笠である。蛇笏二十二歳の作。

明治40年作

短《みじか》夜《よ》のつぎつぎ暁《あ》ける嶺《みね》の数　龍太

夏至の日は夜が最も短いので夜明けは早い。短夜はこのころの季節感をさす夏の季語。机を離れ外に出ると白根三山をはじめとする赤石山系が次々に夜明けの光につつまれる。梅雨の晴れ間の嶺が美しく大きな世界を展開する。

昭和52年作

白衣きて禰宜《ねぎ》にもなるや夏至の杣《そま》　蛇笏

いままで木を伐っていた木こりが、真白な衣服をまとって神主の代役を務める。夏至の日は一年中で最も日の長いとき。田植え祭をはじめ神事が多い。山仕事の男が神職へと変身した驚きに、夏至への思いがからみ微妙な面白さを誘う。

大正4年作

黒南風《くろはえ》の手鉤《てかぎ》に垂らす焼け衣裳《いしょう》　龍太

次の前書がある。「六月廿五日白昼突然隣家全焼す」。黒南風は梅雨季《つゆどき》の湿った南風のこと。焼け跡がまだ燻《いぶ》っているなかを柄の長い手かぎで、消防団が晴れ着であろうか焼けた衣服を吊るしている。茫然《ぼうぜん》とした哀《かな》しみの一とき。

昭和49年作

後《こう》山《ざん》に葛《くず》引きあそぶ五《さ》月《つき》晴《ばれ》　蛇笏

後山は境川村蛇笏邸の裏山をさしての言葉であるが、あえて場所を特定することはない。五月晴は梅雨の合間の晴天で、旧暦五月のこと。山の斜面に伸び茂った葛の蔓《つる》をするすると手繰り寄せて遊ぶ。それを楽しんでいる老境の一時。

昭和34年作

蛍火や箸《はし》さらさらと女の刻　龍太

蛍が裏の川に舞うころになると、梅雨は土や草木にしみ込んでいる。夕餉《ゆうげ》が終わって食事の後片付けは女性の仕事。その時間はまさに女のもの。箸を洗う音と川音が一緒にきこえ蛍の灯が点滅する。日本の美しいよき時代が鮮やかに見える。

昭和28年作

竹落葉午後の日幽《く》らみそめにけり　蛇笏

最晩年の作でこの年十月三日に他界した。竹落葉は夏の季語で風もないのにはらはらと散ってゆく。その竹落葉に自分自身の人生午後の思いがこめられている。幽らみそめに蛇笏が俳句に求めてきた霊的表現の仕上げがある。

昭和37年作

花栗《はなぐり》のちからかぎりに夜もにほふ　龍太

甘く青臭い栗の花の強烈な匂《にお》いには独特なものがある。夜になって、より匂ってくることを力限りと比喩《ひゆ》で表したことにより、真白く垂れる栗の花が荘厳さをもち迫ってくる。夜であるから青臭さより甘さが強い。

昭和27年作

ふた親のなみだに死ぬ子明け易し　蛇笏

蛇笏二男数馬は歯学を専攻し修業医となったが二十八歳で病没。「病院と死」七十五句を亡子数馬の霊にささげ発表した中の一句。何の説明を加えることもない。読むと両親の慟哭《どうこく》が胸にひびく。蛇笏の逆縁の最初の悲しみで、六月二十六日がその命日。　昭和16年作

山椒魚《はんざき》の水に鬱金《うこん》の月夜かな　龍太

山椒魚《さんしょううお》でも特別天然記念物となっている大きなものをハンザキという。谷川の清流にすみイモリによく似ている。月夜の光が谷川の底の山椒魚を照らし、鬱金の鮮黄色に見えた。井伏鱒二初期代表作に応えての神秘性を秘めている。　昭和48年作

まのあたり嶽《たけ》しづもりて梅雨の雲　蛇笏

梅雨雲が移動する間から峙《そばだ》つ山が目の前に見えた。白州町台ケ原からの甲斐駒ケ岳はこんな印象がぴったりする。雲間から現れる高く険しい山は、音もなく静かに目の前に突然出た。その驚きが俳句を深遠にしている。

昭和28年作

父のこと問はれてをれば郭公《かっこう》鳴く　龍太

作者にとってよくあること。生前の父蛇笏のことを、人から聞かれることが多い。郭公が涼しい声で青葉の奥からきこえているので、都会ではあるまい。蛇笏生家を山廬《さんろ》と呼んでいるが、その山廬での作であろう。郭公が涼しく余情を広げる。

平成2年作

形代《かたしろ》のふかみの漣《なみ》にゆられけり　蛇笏

名越神事は六月三十日。この日人の形をした白紙に名前を書いて身のけがれをふいて川に流す。茅の輪くぐりも同じ日である。形代が流れの深くよどんでいる細波《さざなみ》に揺られている。よどみの暗さと形代の白さが対照的。

昭和7年作

七月

夏《なつ》蝶《ちょう》や歯《し》朶《だ》ゆりて又雨来る　蛇笏

夏蝶は春の蝶と違って大きな翅《はね》の美しい蝶が多い。揚羽蝶《あげはちょう》はその代表。長坂から日野春までの遊歩道にはオオムラサキが生息している。そんな大型の蝶が舞っているとき、歯朶の葉を揺るような雨が来た。その時がシャッターチャンス。

大正8年作

仔《こ》兎《うさぎ》の耳透く富士の山開き　龍太

富士の山鎮め儀式は登山者の安全祈願のため行われる。飼っている子兎を見ると、太陽の光に耳がピンク色に美しく透き、今日のお山は晴天であると思う。子兎の可憐《かれん》な耳の色と、彼方《かなた》の富士の山開きの対比に心がはずむ。

昭和51年作

風鈴の夜陰《やいん》に鳴りて半夏《はんげ》かな　蛇笏

半夏は多年草の烏柄杓《からすびしゃく》のことでもあり、夏至から十一日目の半《はん》夏生《げしょう》のこと。田植えは終わり、筍《たけのこ》や蕨《わらび》はこの日以後は食べない風習もある。田を渡って来る夜風に、吊《つ》ってある風鈴が鳴り、季節への思いが敏感に反応する俳人の聴覚がある。

昭和14年作

とほい木のそよぎ見てゐし半夏生《はんげしょう》　龍太

遠方に見える大木の青葉が風に揺れている。今日は半夏生で夏至から数えて十一日目。この日に降る雨は大降りになるといわれる。眺める木々のそよぎにも平穏に暮れていくように祈る気持ちが感じられる。半夏生の季語の効果である。

昭和54年作

下山して西湖の舟に富士道者《どうじゃ》　蛇笏

富士山頂に連れ立ち参拝してきた信者が、白装束で足和田村の西湖に浮かぶ舟に乗っている。無事に頂上参詣《さんけい》を終わった安堵感《あんどかん》が、舟遊びをしている情景からうかがえる。富士道者が夏の季語で七月一日は富士山の山開き。

昭和7年作

あかつきの湯町を帰る鰻《うなぎ》捕《と》り　龍太

この句、山梨では湯村、石和、下部などの温泉街が浮かぶ。夜の明けしらむ町を鰻捕りの魞《えり》をかついで帰ってくる男。温泉の宿から眺めた光景で、まだ寝静まっている町に湯気が立ちこめている。鰻捕りが絶妙な味をだす。

昭和53年作

蛇の血の水にしたゝり沈みけり　蛇笏

蛇の首を切り吊《つる》した下に水があったのであろう。濁っていない透明度のある水が入っている甕《かめ》でもバケツでもいいが、そこへポタポタと血が落ちて沈んでいく。不気味な静寂さのなかに、清冽《せいれつ》なみなぎりが感じられる。

昭和13年作

戦禍まぼろし野を透く夜の閑古鳥　龍太

前書に「深更裏山に遠くその鳴く声をきけば」とある。深更は真夜中であるからそんな時間に鳴く郭公《かっこう》の声に、戦争中の悲しみが浮かんですぐに消える。真夜であるだけに心にひびく鳴き声であり、空虚な寂しさがつのる。

昭和29年作

雨に剪《き》る紫陽花《あじさい》の葉の真青《まさお》かな　　蛇笏

梅雨に濡《ぬ》れた紫陽花の花は少し憂いがあり美しいが、この句は葉に焦点をあて花を引き立てる。雨の雫《しずく》が宿る大きな葉は真っ青で鋏《はさみ》を入れると一斉に紫や青さに映えた雫が落ちる。紫陽花のすべてを表現して揺るぎがない。

昭和7年作

今年竹老婆も水に足浸《つ》けて　　龍太

筍《たけのこ》が皮を脱ぐとたちまち真緑の直幹を空に伸ばす。その若竹が今年竹。竹藪《たけやぶ》の近くの谷川で畑帰りの足を水で洗う。老婆もと表現されているからほかにも人がいる。若竹のういういしさと老婆との対比に季節の輝きが見えてくる。

昭和32年作

灯をはこぶ湯女《ゆな》と戦《そよ》ぐ樹《き》夏の雨　蛇笏

一切の学業を捨て東京から帰郷した翌年の二十五歳の作。疲れをいやす湯治であり早川町西山温泉の岩風呂《いわぶろ》などが想起される。夜になった外風呂に宿の女が燈火《とうか》をはこぶ。青葉のそよぎに雨の降っている様子が灯明かりで見えてくる。

明治43年作

七夕の風吹く岸の深みどり　龍太

俳句のうえで七夕は秋の季語。しかし陽暦七月七日に七夕を催すところも多くある。深みどりの言葉が梅雨明けの近い感じにも受け取れるので、あえて夏の句としてとらえた。七夕の飾りを吹く風の音に、俳句の余情がこもる。

昭和42年作

梅雨の鳥ひとに似て啼《な》く青嶺《あおね》かも　蛇笏

「かも」は感動を表す言葉で「かな」と同じ。梅雨のころ啼く鳥が人の声のようで驚く。しかも、鬱蒼《うっそう》と茂った青緑が滴り落ちるような山中であるから、鳥声にハッと身の引き締まる思いがあり、その驚きが感動となる。

昭和23年作

遠きほど初伏《しょふく》の花の澄む暮天　龍太

初伏は夏至後の第三かのえの日のこと。第四のかのえが中伏《ちゅうふく》、立秋後の第一かのえの日が末伏《まっぷく》で三伏《さんぷく》となり真夏の盛りを表す。遠くになるほどこの時季に咲く花は、ことに夕暮れは澄んで見える。見事な季節感の把握がある作。

昭和58年作

帯の上《え》の乳《ち》にこだはりて扇さす　蛇笏

絽《ろ》か紗《しゃ》の着物に盛りあがる乳房を感じさせ、日本画に登場してくる美女の姿が浮かぶ。帯の中に扇子を差している本格的な和服姿である。妖婉《ようえん》な場面をさらりと仕草《しぐさ》の的確さで表す写実の眼《め》に、蛇笏俳句の領域の広さ多彩さがある。

昭和7年作

睡《ねむ》る子の手足ひらきて雷《らい》の風　龍太

幸福感に満ちた子供の寝姿である。大の字に手足をひらき眠っている上を涼風が過ぎていく。雷の音が次第に近づき、涼気のある風は雨の気配が濃い。子供を対象としたときの龍太俳句は、一貫して愛の深い表情を見せる。

昭和31年作

盲《めし》ひ子の座右に白猫ながし吹く　蛇笏

目の見えない子供に寄り添って一匹の白い猫がいる。「ながし」は梅雨のころに吹く南風で「はえ」ともいう。言葉で聞くとさわやかさのある風のようだが、梅雨季《つゆどき》の南風であるから湿度もある。白猫の存在が風に涼気を呼ぶ。

昭和26年作

夜明け待つもの青萱《あおがや》と看護婦と　龍太

梅雨明けの季節になり川岸の青萱も濃緑を深め、夜明けの風はさやさやと葉ずれの音をたてる。窓からそんな景色を眺めている当直の看護婦さんの目は、夜明けの太陽を待っているようだ。青萱もまた同じ。人と自然が一体となった作。

平成2年作

幽《ゆう》冥《めい》へおつる音あり灯取虫　蛇笏

幽冥はかすかに暗いという意味のほかに、死の世界の暗さということもある。夏の夜の灯火をめがけて狂い飛ぶ蛾《が》のことを灯取虫という。灯火の下に落ちている蛾の色彩はいろいろ。その情景を幽冥と感じたところに重厚な詩情がある。

大正3年作

茅《ぼう》舎《しゃ》の死ある夜ひとりの夏座敷　龍太

川端茅舎は比喩《ひゆ》の天才で浄土俳句を創出し昭和十六年の七月十七日、四十五歳で没した。夏座敷を涼風が過ぎる一夜、茅舎が「雲母」に投句していたこと、その作風などを考え結核で死に至るまでの俳句生涯に思いをめぐらせる。

平成元年作

むしあつく雨びびとふる胡瓜畑《きゅうりばた》　蛇笏

「びび」は微々でかすかなようすという意味。胡瓜畑の真っ青な葉にわずかな昼の雨が降っている。むし暑くサウナに入っているような盆地特有な梅雨明けの季節。農村の戦後の生活の一端が、胡瓜畑からうかがえる。

昭和21年作

裸子を負ひさんさんと布絞る　龍太

まだ自動洗濯機の普及していない山村の風景。梅雨も終わり太陽の光がさんさんと照っている谷川の木陰で、洗濯をした衣類を固くしぼっている。背負っている赤子は裸同様で涼しさを呼ぶ。平和で屈託のない風土の詩が輝く。

昭和38年作

鵜《う》かがりのおとろへてひくけむりかな　蛇笏

鵜飼舟の舳《へさき》で篝火《かがりび》を焚《た》くのが鵜かがりである。石和の笛吹川の鵜飼は、舟を使わず洲で篝火を焚き鵜匠の技を見せる。夜が更けて薪《まき》の火もおとろえ、たな引く煙が川面を漂っている。時間の経過に哀愁がしみている作。

昭和13年作

碧《あお》空《ぞら》に山充満す旱《ひでり》川《がわ》　龍太

甲府盆地のような場所でなければ、山充満す、といった見事な言葉を得ることはできない。照りつける日が続き、川も絶え絶えに流れ、空は紺碧《こんぺき》に晴れる。盆地を囲む四方の山々は、この旱空にそばだつ。清々《すがすが》しい力感のある作。

昭和39年作

死火山の膚《はだ》つめたくて草いちご　蛇笏

荒涼とした風景の中で草苺《くさいちご》の蔓《つる》に真っ赤な実が光っている。山砂の上を這《は》う草苺だけが鮮烈に目につく。一度の活動もない火山の膚は、夏であっても冷たく感じる。死火山の中の草苺の赤さに、生命力の輝きがある。

昭和10年作

海にゆく手を日盛りの窓に出す　龍太

作句年から考えて自家用車での景ではない。身延線の車窓で自由に開け閉めができた時代。海水浴に行く心の弾みが、窓に手を出していることで表現される。俳句は世界で一番短い詩型。従って文字にない余情が大切、この句にはそれがある。

昭和28年作

いかなこと動ぜぬ婆々《ばば》や土用《どよう》灸《きゅう》　蛇笏

どんなことにもびくともしない老婆が、土用の日の灸をすえる。大きな艾《もぐさ》を身につけ肉を突き刺すような熱さに歯をくいしばって耐えている。夏の土用にすえる灸は効能が倍加されるという。俳諧性の色濃くにじんでいる作。

昭和3年作

村をゆくバナナ包みが香を放ち　龍太

境川村は坂が多い。昼近い真夏の日が照りつける下を、重そうに包みを提げて坂道を登って行く。人の気配のしない静けさの中で包みのバナナが熟れた芳香を辺りにただよわせる。バナナに庶民の匂《にお》いがして懐かしさをかもす。

昭和42年作

後山《こうざん》の虹をはるかに母の佇《た》つ　蛇笏

蛇笏俳句に母の句が少ないのは、対象に甘えないからであろう。死の前年の作で、裏山に虹がかかり、その奥に亡き母が鮮明に見えたという霊気のこもった内容。美しい虹と母との取り合わせに、蛇笏最晩年の安心立命の境地を感じる。

昭和36年作

鶏鳴《けいめい》のちりりりと遠き大暑かな　龍太

大暑は二十四節気の一つで、七月二十三日ごろ。桐の花が実を結び暑さも本格的になる季節。鶏の鳴き声も大暑の中で、遠くからちりりりと聞こえてくる。かんかんと日が照りつけているからこそ、ちりりりの鶏声も乾いて透きとおる。

昭和59年作

山百合にねむれる馬や靄《もや》の中　蛇笏

山百合の香りは清楚《せいそ》で夜明けに匂《にお》いを強く放つ。靄のかかった青野で馬が立ち眠っている。こんな光景を想起することができる。山百合の香りと靄の中に眠る馬が、一体となり盛夏の朝の美しさを堪能することができる。

大正4年作

裏富士の月夜の空を黄金虫　龍太

月夜の光の中を一匹の黄金虫が翅音をあげて飛んでいる。その行く先に裏富士がある。山梨県側の富士山を裏富士とあらわして、月光に浮く山塊の影を感じさせる。小さな黄金虫と月夜の裏富士に申し分ない詩情がこもる。

昭和54年作

白《しろ》浴衣《ゆかた》身の嵩《かさ》うすくなりにけり　蛇笏

白地の浴衣を湯上がりに着て外出すると、何か体が薄くなったように感じる。確かに白浴衣を着ると普段より痩《や》せて見えるのは事実。余計なことは表現せず、身の嵩がうすくなった、ということですべてが語られている自己凝視の作。

昭和28年作

河《かっ》童《ぱ》忌《き》の灯《とう》心《しん》蜻《とん》蛉《ぼ》鼻の先　龍太

芥川龍之介の忌日を河童忌という。河童の絵を好んで描いたからその名があり、山梨県立文学館にも展示されている。灯心蜻蛉は行《あん》灯《どん》の灯心のように細く、飛ぶ力も弱い。灯心蜻蛉に龍之介の面影がよく似合う。七月二十四日が河童忌。

昭和57年作

雨祈る火のかぐろくて盛夏かな　蛇笏

梅雨季《つゆどき》の雨量が少なかった年であろう、梅雨が明けた盛夏に雨乞《あまご》いの火をつけて祈願する。暑さの極まる中での火の色は黒々とさえ見える。「かぐろく」と接頭語をつけて表すところに、蛇笏俳句の力強さが感じられる。

昭和11年作

夕雲の一片を恋ひ夏の富士　龍太

山頂近くの雪渓だけを残し、雪の消えた富士は夏の雄姿を輝かせる。夕暮れ時のひとひらの雲が茜色《あかねいろ》に染まる。富士山はその一片の雲に恋をしているような表情を見せる。作者にとっても心を打つ雲であり斬新《ざんしん》さが澄む。

昭和47年作

夏雲むるるこの峡中に死ぬるかな　蛇笏

いよいよ山頂には入道雲が湧《わ》きあがり、かっとする暑さは盆地に充満する。四方《よも》に高峰を持つ甲府盆地の暑さは格別で、逃げることもできない。こんな在所で一生を終わる感慨が過《よ》ぎる。しかし夏雲むるるの表現に諦《あきら》めはない。

昭和14年作

炎天の巌《いわ》の裸子やはらかし　龍太

川で水遊びの子供達が大岩の上で体を温め、岩の上から冷たい川を目がけて飛び込む。岩のごつごつした固さと、その上でふるえる柔らかな肢体《したい》の対比が健康的。こんな水浴びの風景は今はなく、懐かしい光彩を放つ。

昭和28年作

向日葵《ひまわり》に青草の香のたちにけり　蛇笏

炎天に向日葵の花が力いっぱいに開いている。この花を眺めると夏の暑さを忘れるように元気がわいてくる。青草のいきれる匂《にお》いが背丈をこえる向日葵の辺りにただよっている。事実を真実にたかめる「たちにけり」に注目したい。

昭和16年作

河童《かわどう》にあればこの香か水葱《なぎ》の花　龍太

河童《かっぱ》は川や沼にすむ空想の動物で頭に皿がある。もし河童に匂《にお》いがあるならば水葱の花の香りだと。水葱は水葵《みずあおい》の古名で沼などに自生し昔はこの葉を食用にした。河童の出そうな場所は青紫の水葱の花の咲いているところではないかと。

平成元年作

森欝《うつ》とゆくてにちかむ炎暑かな　蛇笏

麓《ふもと》の村を登って行くとその先に森が欝蒼《うっそう》と茂っている。青黒い森の涼しさに近づいて行くが、頭上はぎらぎらと燃えるような太陽が照りつけている。森の涼しさと真夏の炎暑の明るさに、物音ひとつしない静寂さが漂っている。

昭和26年作

どの子にも涼しく風の吹く日かな　龍太

龍太俳句の代表作十句を挙げるとき必ず入る名作。作句の現場は境川小学校の前で対象は小学生。自然の涼風は隔たりなく遊んでいる子供に吹く。この句の底流にある子供への愛のまなざしが、涼しさを増し俳句の魂となる。

昭和41年作

炎天を槍《やり》のごとくに涼気すぐ　蛇笏

真夏の日盛りの空は雲ひとつなく海底のような紺碧《こんぺき》さ。炎のように太陽は照りつけ、生物は死んだかのように動かない。その中を一瞬の涼気が槍の穂先のように過ぎ、木々の緑がぴくりと動く。感じたものを見える句としている。

昭和29年作

八月

三伏《さんぷく》の月の穢《え》に鳴く荒鵜《あらう》かな　蛇笏

三伏は夏の酷暑を表す言葉で、その熱帯夜に昇る月は赤く何かみだらな感じ。そんな月を見つめて鵜が荒々しく鳴く。穢はよごれ、けがれ、みだらという意味で、清冽《せいれつ》な心情のみなぎる作。『穢土《えど》寂光《じゃっこう》』は蛇笏第一随筆集の題名。

大正6年作

夏山の紺ひりひりと萱《かや》の中　龍太

土用も八月に入ると燃えるような極暑。盆地を囲む峰々も残雪が消え紺一色。救いのない暑さに肌がひりひりと焼けるばかり。遠景に夏山の紺、近景に萱の緑青。この色彩感にひりひりという絶妙な形容が、暑さの頂点を示す。

昭和52年作

大揚羽《おおあげは》娑婆《しゃば》天国を翔《か》けめぐる　蛇笏

大揚羽は大きな翅《はね》に黄色地へ黒い縞模様《しまもよう》があり、夏を優雅に舞っている蝶《ちょう》。よく晴れた日の木陰を悠々と移動している姿は、現世の理想郷を飛びめぐっているようだ。娑婆天国は揚羽蝶の舞う美しさを即妙にとらえて実感をもつ。

昭和35年作

幼子《おさなご》のいつか手を曳《ひ》き夜の秋　龍太

夜の秋は晩夏の季語。立秋近い夜涼に秋を感じる微妙な季節感をもつ。村祭に行った帰りであろうか、知らず知らずの間に子供の手を握っていた。幼子に対するこまやかな愛情が、いつかという表現にものの見事にあらわれている。

昭和60年作

しづかさや日盛りの的射ぬくおと　蛇笏

俳句で日盛りといえば夏の一番強い日差しの正午から三時ごろまで。弓の的を射ぬく音が、日盛りの中できこえた。昼間で辺りは物音のない静かさ。的に当たった矢の音はことのほか大きい。感性の緊迫感が匂《にお》いたつ二十六歳の作。

明治44年作

晩《ばん》涼《りょう》の幼な机の灯がひとつ　龍太

居間から眺めると少し離れた子供部屋から灯が洩《も》れている。小学低学年以下であろうか、幼なの言葉にそんな感じがする。晩涼の夜の更けてからの涼しさと、ひとつの灯に静かな幸福感がある。子供は龍太俳句のキーワード。

昭和39年作

雲の間の嶽《たけ》は渺《びょう》たり夏尽くる　蛇笏

いよいよ暑かった夏も終わりに近くなり、盆地の雲間から甲斐駒ケ岳や八ケ岳のような名山が姿を見せる。渺は遙《はる》か、かすかといった意味で、この漢語に夏の終わる感慨がこめられており、どこか秋への寂寥《せきりょうかん》感が伝わってくる。

昭和28年作

竹煮草基地八月の奥ひそか　龍太

前書に「岳麓《がくろく》中野村」とあるから現在の山中湖村。竹煮草は荒地に群生し高さが二メートルにもなり、夏に白い小花をつける。日盛りの山麓基地は隠れているようにこっそりとした静けさ。竹煮草の彼方《かなた》の基地に、万感の思いがこもる。

昭和30年作

原爆忌人は孤ならず地に祈る　蛇笏

八月六日は広島に原爆が投下された日。二人の子供が戦死している作者にとって、この日は哀《かな》しみが深い。その哀しみは自分一人のものでなく日本人全体のもの。それを越えるには地にひざまずき祈る以外にない、という慟哭《どうこく》がきこえる。

昭和29年作

急流にのめりてそそぐ炎暑かな　龍太

前書に「南ア山麓《さんろく》十谷温泉」とある。巨岩の間を冷たい水が、かなりの水量で飛沫《しぶき》をあげて流れている。燃えるような暑さが、倒れかかるように川にかたむく。男性的なきっぱりとした感じのする作で真夏の急流が涼気を呼ぶ。

昭和40年作

七夕の夜ぞ更けにけり几《おしまずき》　蛇笏

陰暦七月七日は七夕だが、現代は陽暦八月七日に行う所が多く、俳句では秋の季語となっている。几はひじかけとか机のこと。夜も更けた天の川にかかる星を、机に身を寄せて眺める。その抒情感に几の一語が重厚さをもたらす。

大正13年作

ひたすらに桃たべてゐる巫女《みこ》と稚兒《ちご》　龍太

口中に広がる白桃の甘味を滴らせ、緋袴《ひばかま》に白衣の少女と、神社の祭行列に着かざった子供とで食べている。他のことは何も考えず食べることに集中するのは、練り歩いて帰ったのどの渇き。暑さの中に桃の爽涼感《そうりょうかん》あふれる香が漂う。

平成元年作

秋たつや川瀬にまじる風の音　蛇笏

散文でこんなしみじみとした季節感を表現するには、何枚の原稿用紙を費やすことだろう。それを十七音に収めた力量に、蛇笏の磨き抜かれた感性がある。川の瀬音に交じる風音を把握し、秋になった感触を得る。滅びることのない自然の姿。

昭和6年作

ゆく夏の幾山越えて夕日去る　龍太

山梨県のような一級の高山を巡らせる盆地でなければ作ることのできない俳句。八月八日は立秋となるが暑さは増すばかり。それでも幾山系を越えて沈んでゆく夕日には、夏が去っていく夕映えの色が濃くなり、自然の摂理を示す。

昭和40年作

口紅の玉虫いろに残暑かな　蛇笏

この時代すでに口紅が玉虫の羽のように、見る位置によって緑色や紫色に変化するものがあったのだ。現代の娘たちには多く見るが、七十年前だからかなり斬新《ざんしん》の化粧で一定の職業女性。残暑の季語で毒々しさが際立ってくる。

昭和6年作

満《まん》目《もく》の秋到《いた》らんと音絶えし　龍太

満目荒涼とか満目蕭条《しょうじょう》といった言葉がある通り、満目は目の届く限りということ。見渡す限りの山野に秋の季節が到来すべく、すべてのものの音が絶えている。感覚的につかんだものを見える句として、秋に万感の思いを込める。

昭和29年作

かりそめに燈籠《とうろう》おくや草の中　蛇笏

燈籠は先祖の霊が盆の家に還《かえ》ってくる目印のためにともすもの。その燈籠に火を入れるべく、一時草のなかに置いた。かりそめという言葉に、迎える精霊への愛がこめられている。蛇笏二十二歳、早稲田吟社で活躍していた時代の作。

明治40年作

盆の月畑《はた》に鼬《いたち》と男女生《あ》る　龍太

戦後間もない農村の若者がメルヘンの世界のように浮かぶ。八月の盆は満月になることが多い。日中はまだ暑く夜の涼しさに恋人同士が畑に出る。空に蜜柑色《みかんいろ》の月が出て鼬がすっと畑を過ぎる。こんな時代が現実にあったのだ。

昭和29年作

青草もほのぼのもゆる門火《かどび》かな　　蛇笏

門火は盆に焚《た》く迎火・送火のこと。蛇笏邸の門火は藁《わら》を焚く。迎火の藁に火をつけると近くの青草にもかすかに燃え移る。先祖の霊が迷わず来るように迎火は大きく焚くもの。対象から目を離さず発見を得る俳句の極意を示す。

昭和17年作

盆のともしび仏眼《ぶつがん》よろこびて黒し　　龍太

迎火を焚《た》き盆棚のローソクに火を入れると、遺影の眼《め》は何か家に還《かえ》ってきた安堵感《あんどかん》が漂う。三人の兄、次女純子の御霊《みたま》があり最も近い死は次女。十万億土からはるばる還ってきた六歳の精霊。喜びて黒しに幼子《おさなご》の眼がある。

昭和35年作

終戦の夜のあけしらむ天の川　蛇笏

句集に収録されていない秀句。出自を探していたところ山梨県立文学館の井上康明課長(当時)に教えられた。二人の子息が戦場から還《かえ》っていない終戦の夜。思いを巡らせている中で、いつか夜が明けてしまった。天の川が鮮やかに見え哀《かな》しみは深まる。

昭和20年作

盆の夜掛けたる鎌《かま》の刃が見ゆる　龍太

盆は山村も休養のとき。農具小屋の柱には研ぎ終わった鎌が掛けてある。折からの月光に鎌の刃がきらりと輝く。盆の夜の団欒《だんらん》の中で鎌の刃の光に目がゆき、その場で見た景物が俳句となりきっちりと位置を占める。

昭和40年作

もつ花におつる涙や墓まゐり　蛇笏

盆に祖先の墓へ供華を持って詣《もう》でるのが、墓参りで秋の季語。明治二十七年以前の作として第一句集『山廬集《さんろしゅう》』にある。蛇笏十歳以前の作となる。「や」の切れ字に蛇笏俳句の格調ある重厚さがうかがえる少年期の作である。

明治27年以前作

新涼の離れて睦《むつ》む山と雲　龍太

さわやかな感じのする涼しさが新涼で秋の季語。涼しさだけでは夏となる。秋に入り夏の涼しさより一段と涼気が増すのが新涼。空の雲も白く秋めいて山の上にあり、山と雲が仲良く親しげな感じ。白雲に新涼の詩想を得た作。

昭和60年作

山川に流れてはやき盆《ぼん》供《ぐ》かな　蛇笏

盆の十六日に茄子《なす》馬《うま》などの供物を川に流した時代。現在は川に流すことは禁止。蛇笏邸の裏を流れる狐《きつね》川《がわ》の景だろう。盆が終わるころは朝夕秋の気配が深まる。笛吹川をめざして一気に下る流れに、盆の終わる季節への思いが深まる。

昭和5年作

死顔に眼鏡ありけり法師蟬　龍太

死者の顔の白布を外すと眼鏡がかけてあった。家人が黄泉《よみ》で新聞などの字を読めなくては、とおもんぱかってのこと。その死を悲しむように法師蟬があちこちで鳴いている。死者の眼鏡の発見に鋭い洞察力と悲しみがこもる。

昭和56年作

雲《うん》漢《かん》の初夜すぎにけり磧《いしがわら》　蛇笏

雲漢は天の川のこと。初夜は古くは夜半から朝までのことだが、現代は午後八時ごろ。河原の白い石を踏みしめて仰ぐ天の川はくっきりと空にかかっている。新涼の気配濃い午後八時を初夜と表現し時の流れの深遠を表す。

昭和6年作

女《じょ》郎《ろう》蜘《ぐ》蛛《も》水にも季《とき》のひびきあり　龍太

大きな女郎蜘蛛が川の近くに巣を張っている。鮮やかな黄色のしま模様が腹部や脚にくっきり見えるのは夏が過ぎてから。流れる川音もすでに秋の季節のさわやかさ。自然の推移を色彩と聴覚を交え、味わい深く表現している。

昭和59年作

ひえびえと闇《やみ》のさだまる初秋かな　　蛇笏

この年の蛇笏は不幸続きであった。六月に次男数馬が病没。十一月に母まきじが胃癌《いがん》で亡くなる。龍太また病を得て帰峡。身を包む闇は心境的にもひえびえとする。そんな闇に初秋を知る。四季自然の実景が、心の内を代弁した作。

昭和16年作

涼新た白いごはんの湯気の香も　　龍太

朝の涼しさはすでに秋の新しさ。その中で白米を炊く湯気の香りに幸福感があふれる。白米の御飯を毎日食べることができる、今の生活にしみじみと戦争中のことを思い浮かべる。白い御飯の湯気の香に日本伝統の将来がある。

昭和53年作

たましひのたとへば秋のほたる哉《かな》　蛇笏

前書に「芥川龍之介氏の長逝を深悼す」とある。亡くなったのは昭和二年七月二十四日。秋蛍の青白いはかなげな光は、龍之介の姿のようだ、と感慨を深くする。悲しみは日を経るごとに強くなる。芥川文学の本質に触れた作。

昭和2年作

黒《くろ》葡《ぶ》萄《どう》ささげて骨のふんはりと　龍太

収穫した黒葡萄を仏壇に供えると病臥《びょうが》一日で他界した六歳の次女を思い出す。骨のふんわりとに幼子《おさなご》を抱いたときの手に残る印象が蘇《よみがえ》る。「抱く吾子《あこ》も梅雨の重みといふべしや」は次女の生まれた年の作。悲しみに風化がある。

昭和36年作

いわし雲大いなる瀬をさかのぼる　蛇笏

ぼつぼつ空に鰯雲《いわしぐも》が出てくるころ。魚のうろこの様に雲が広がり、この雲が出ると鰯が海に集まるという。大きな川瀬に鰯雲が映り、流れにさかのぼっていく沈深とした力感があふれるのは、さかのぼるの表現にかかっている。

昭和22年作

海の日焼子山の日焼子地蔵盆　龍太

夏休みも余すところ一週間。二十四日は地蔵菩薩の縁日で、あちこちで祭を催す。集まって来る子供は真っ黒に日焼けし、海水浴や登山に行った証《あかし》の輝き。地蔵が子供を守ることから地蔵盆は子供が中心の祭。幸福感に満ちた笑いがきこえる。

昭和54年作

小富士訪ふ閉山季《へいざんどき》の法印《ほういん》と　蛇笏

この句の場合法印を修験者《しゅげんじゃ》である山伏と理解していいだろう。富士の閉山は吉田の火祭で山も空も火の海。山小屋でも火を焚《た》き下山する。小富士は富士山の南東側の宝永山か。過去のことを現代に引き寄せ表現した死の二年前の作。

昭和35年作

雷《らい》後《ご》また鳴る火祭の大太鼓　龍太

富士吉田市の町筋に積まれる井桁《いげた》の薪《まき》や、大松明《おおたいまつ》へ一斉に点火される火祭は八月二十六日。富士の山じまいの日でもあり、その日に降る雨をお山洗いという。雷鳴がとどろき太鼓の音が途絶えるが、再び大太鼓が腹の底まで響いてくる。

昭和46年作

無花果《いちじく》にゐて蛇《へび》の舌見えがたし　蛇笏

無花果の木に一匹の蛇が、葉むらから赤い針のような舌を出す。大きな厚い掌《てのひら》のような葉の奥に、獲物をねらっている赤い舌をじっと見ている。無花果であるから見え隠れする蛇の舌の赤さが、一段と壮絶さを感じさせる。

昭和13年作

曳《ひ》く竹の先が石跳ね山仕舞《やまじま》ひ　龍太

山開きの季語は歳時記にあるが、山仕舞いの季語はない。富士の山仕舞いは八月二十六日。新しい季語として歳時記に定着させるためあえて挑む。その創作精神が俳句を新鮮にする。引いて行く青竹は閉山神事に使うもの。

昭和57年作

陰暦八月虹《にじ》うち仰ぐ晩稲《おくて》守《もり》　蛇笏

二十九日は陰暦八月一日で八朔《はっさく》。穀物の実りを祈願する日である。雨が盆地を過ぎたあと大きな虹が、山から山へとかかる。それを仰ぎ見るのは晩稲の水や病虫害を見て回る日焼けの濃い農夫。虹が今年の豊作の兆しを感じさせる。

大正8年作

桔《き》梗《きょう》一輪死なばゆく手の道通る　龍太

紫色が鮮明に咲く一輪の桔梗の花を見ていると、一度は通らなければならない黄泉《よみ》の国への道が、鮮やかに感じられたという内容。兄の死、子供の死と続いているので、桔梗一輪の紫の印象が、冥土《めいど》への道に思いをはしらせる。

昭和37年作

朝日より夕日親しく秋の蟬　蛇笏

老境の感慨を自然に託した秀作。人生の晩年を迎えないと、こんな思いを得ることはできないだろう。秋蟬の鳴く声は朝日のきらめく光のなかより、力なく沈んで行く夕日の方が親しい、と感じることに胸がつまるような孤独がにじむ。

昭和34年作

いつとなく咲きいつとなく秋の花　龍太

木槿《むくげ》にしても芙蓉《ふよう》にしても、また山野の草木でも、秋に咲く花はいつ咲き始めたのか分からないままに満開となり散る。秋の花の特徴をとらえつぶやくように口からもれた言葉を俳句にして、秋の花の寂しさを読後に滲《にじ》ませる。

昭和62年作

虹《にじ》たちて草山赫《か》つと颱《たい》風《ふう》過《か》　蛇笏

台風が去ったあと虹が草山に立ち、勢い盛んな熱気のこもるさまをみせる。台風の過ぎた安堵感《あんどかん》が、虹の下にある草山を赫っと、と表し、山もまた力いっぱい台風と戦った緊迫感を示す。全身全霊をこめた自然賛歌の作だ。

昭和29年作

九月

芋の露連山影を正しうす　蛇笏

山梨県立文学館裏の庭園に蛇笏唯一のこの句碑がある。眼前には里芋の葉にきらめく露の玉。彼方《かなた》に赤石山系の山影がくっきりと爽《そう》涼《りょうかん》感を示すなかで、これからの生き方を暗示する。蛇笏代表作の一つに入る二十九歳の作品。

大正3年作

台風やひとり娘に灯が鮮《あら》た　龍太

立春から数えて今日は二百十日目、暴風雨の多く来るころ。台風来襲のなかで娘の部屋から明るい灯が爽《さわ》やかに洩《も》れている。台風の緊迫感とはまったく反対に、秋の灯が潤いをみせ詩情をかもすが、ひとり娘にちょっぴりと不安ものぞく。

昭和34年作

背負ひたつ大《おお》草《くさ》籠《かご》や秋の昼　蛇笏

山羊か牛の餌《えさ》であろう。大きな籠に穂草がいっぱい詰められ、干して軽くなっていても刈り草にあふれる重み。よいしょと大きな籠を背負って立ち上がる。秋の暑い日差しに額の汗が流れる。働く農村の即興詩としての風格がある。

昭和9年作

秋《あき》袷《あわせ》火《ひ》の見《み》櫓《やぐら》の鐘しづか　龍太

龍太年譜を見ると昭和二十五年には境川消防団副部長として活躍している。それだけに火の見櫓の半鐘への思いは深い。新涼のなかで秋袷を着て火の見を見上げると、半鐘は静かで村は平穏。まさに身辺から生まれた俳句の味わい。

昭和59年作

くろがねの秋の風鈴鳴りにけり　蛇笏

くろがねは鉄のこと。風鈴は夏の涼気を呼ぶために軒に吊《つる》し音を楽しむ。その風鈴が秋風に鳴っているのに耳を傾ける。季節を違《たが》えて鳴る風鈴の音は、涼しさではなく物寂しさがある。秋の一語の響きに象徴された近代の名句。

昭和8年作

迢《ちょう》空《くう》忌《き》破《は》風《ふ》に月夜の大《たい》蛾《が》憑《つ》き　龍太

釈迢空《しゃくちょうくう》（折口信夫）は國學院大學の教授で作者の恩師。九月三日はその忌日。月が皓々《こうこう》と輝くなかで破風板を見ると、大きな蛾が月の光の中にきっちりと張りついている。個性的な国文学者で歌人の迢空と、大蛾の組み合わせが余韻をうむ。

昭和54年作

秋蟬《しゅうせん》やなきやむ幹を横あゆみ　蛇笏

秋になって鳴く蟬の声はどこか必死なところがある。鳴きやんだ蟬を見ると、木の幹をそろりそろりと横に移動している。俳句は対象をよく見て、発見を得て作ること。それを横あゆみの把握が教えている。見事な眼力。

大正8年作

鶏鳴《けいめい》に露のあつまる虚空かな　龍太

朝早く雄鶏の鋭い鳴き声が野を渡る。虚空とは大空のこと。露が空にまで輝き集まっている。野は一面の露の玉。大岡信が「折々のうた」で、秋の暁闇《ぎょうあん》の得がたい一瞬を感じとっている感性の真実、と賛辞をおくる秀句。

昭和60年作

露ふんで四顧をたのしむ山の中　蛇笏

四顧は四方をふりむいて見まわすこと。境川村山廬《さんろ》（蛇笏邸）の裏山から盆地を眺めた景であろう。しかも、秋の気配が濃く、空は澄み地に露がきらめく季節。生きていることの感慨に耽《ふけ》る一瞬。露の中に身が溶けた法悦の作。

昭和35年作

黒《くろ》揚《あげ》羽《は》九月の樹間透きとほり　龍太

九月上旬、黒揚羽《くろあげは》蝶《ちょう》がゆったりと飛んでいる。真っ黒の大きな蝶が林の樹々の間を優雅に舞っている景は、夢の国に迷いこんだ感じがする。しかも、樹々の間に秋の光がさわやかに透く。九月が光に涼気を呼ぶ。

昭和24年作

をりとりてはらりとおもきすすきかな　蛇笏

折りと芒《すすき》は漢字であったが、後年十七字すべて平仮名として、手に持つ芒のしなやかさを表した。はらりという言葉は穂の出ている芒であり、しかも重きとかすかな手応えを表現することで余韻を深める。名句には難解の用語はない。

昭和5年作

霧雨の松二三本白露《はくろ》の日　龍太

白露は二十四節気の一つ。本格的な秋の来る季節で、草におりた露も白く輝く。その日に霧雨が舞い松を濡《ぬ》らし、雫《しずく》がきらめき落ちるのを見て、今日は白露の日だと思う。俳誌「白露」も「しらつゆ」ではなくこの節気のこと。

昭和45年作

詩にすがるわが念力や月の秋　　蛇笏

陰暦八月十五日は名月となる十五夜。この美しい秋の月に精神を集中させ、世界最短の十七音詩をしっかりとつかまえてゆく。そんな決意を仲秋の満月に向かい作句して、蛇笏俳句の神髄を念力の言葉にこめている。

大正5年作

厄日去る胡桃《くるみ》一房二房見え　　龍太

二百二十日の今日は厄日。稲の開花期に多く台風が上陸するので、警戒する日として厄日が設けられたそうだ。その厄日も無事に過ぎる夕暮れ。頭上の握り拳《こぶし》のような何個か固まった胡桃に、季節の安堵感《あんどかん》がある。

昭和59年作

甕《かめ》にさす実《み》柘榴《ざくろ》すこしうちたわみ　蛇笏

備前焼の甕であろうか、柘榴の大きな枝が実をつけ挿してある。柘榴は熟れて口を開けルビーのような輝きが見える。実の重さで枝は曲がっている。日本画になる構図を「うちたわみ」により平面的ではない、動的な立体感の深さで表す。

昭和24年作

露草も露のちからの花ひらく　龍太

露草に紺の花が咲くと、秋の爽涼感《そうりょうかん》がこの花に集中する。一見すると弱々しい感じを受けるが、きっぱりした強い雑草。秋の草々は露の湿りで花を開くが、露草はその代表と思える。露のちからの把握に作品の総《すべ》てが託される。

昭和27年作

秋鶏《しゅうけい》が見てゐる陶の卵かな　蛇笏

秋になると鶏の産卵が悪くなるので、この句の時代は卵を産む場所に疑似卵を置いて促した。その偽物の卵を雌鶏《めんどり》が不思議そうに見ている。秋の日差しがさんさんと鶏舎に入り物音はない。静けさの中に面白さの潜む作。

昭和11年作

重陽《ちょうよう》の草原をゆく走者あり　龍太

かつて重陽は五節句の一つで陰暦九月九日。菊の節句とも呼ばれた。そのめでたい日に草原を走る人。駅伝競走かマラソン大会を想起するが、その中の一人に焦点を絞る。重陽の古く重い言葉と、草原の走者に命の光輝を感じる。

昭和62年作

就中《なかんずく》学窓の灯や露の中　蛇笏

就中はなかでも、とりわけといった意味をもつ。東京牛込で若山牧水と同宿していた早稲田大学時代で、露にきらめくのはとりわけ勉学に励む窓から洩《も》れる灯である。就中の言葉の斡旋で青春期の初々しさがにじむ二十一歳の作。

明治39年作

良夜かな赤子の寝息麩《ふ》のごとく　龍太

良夜は月光の輝きがあまねき名月の夜のこと。時として旧暦九月十三日の「後の月」の夜もいうようだ。この句は十五夜の方で赤子の寝息を軽い麩のようだ、と感じた中に丈夫で元気な、という龍太独自な感性の見事な把握がこもる。

昭和55年作

秋の草全く濡《ぬ》れぬ山の雨　蛇笏

秋の草は多くが穂を付けたり花を咲かせており、山の雨は粒も大きく降りそそぐので完全に濡れている。何でもない自然詠のようだが、的確な季節感があり全くの言葉に、蛇笏の自然を見つめる目の鋭さと発見がある。

大正12年作

敬老日水流れゆく大《たい》蛾《が》あり　龍太

小川を流れる大きな蛾が目に入った。昨夜乱舞していた蛾であろうか、今朝は屍《かばね》となって流れてゆく。そんな光景を眺めたとき、今日は国民の祝日敬老の日だと思い出す。今の世相にあって本当の意味の敬老はほど遠い。

昭和57年作

月さそふ風と定むる子規忌かな　蛇笏

正岡子規は病床生活の中で、俳句革新をなし明治三十五年九月十九日三十五歳の生涯を終える。今夜は名月から日も過ぎているので月の出は深夜。その月を誘い出すように夜風が吹く。身にしみる夜風に子規の偉業をしのぶ。

大正15年作

きりぎりす年子睦《むつ》める萱《かや》の蔭《かげ》　龍太

虫は秋の夜に鳴くのが主流。しかし、きりぎりすは昼間に鳴く。萱の蔭で年子の姉妹が仲良く飯事《ままごと》遊びに興じる。年子を姉妹と断定するのは睦めるによる。きりぎりす、年子、萱と実景を俳句とした創作力に不思議な情感がわく。

昭和31年作

ひよりよく奥嶽《おくだけ》そびえ秋彼岸　蛇笏

日和は天気のよいこと。秋彼岸には雨が降ることが多いので、降ると腐れ彼岸という。奥嶽は山々を前にして屹立《きつりつ》する峰で、境川村の展望でいうならば、北岳、間《あい》ノ岳、農鳥岳の白根三山。飯田家の墓から真西にその雄姿が望める。

昭和20年作

餉《げ》につくや父知らぬ子と露の夜を　龍太

長兄の戦死が確定した年の作。夕食の膳には父親の死を知らぬ幼《おさな》子《ご》が、無邪気にまつわりつく。龍太俳句の子供への愛の源流は、この時からはじまったのではあるまいか。露の季語がもつ象徴の広がりは、哀《かな》しみを越えて純愛となる。

昭和22年作

なきがらや秋風かよふ鼻の穴　蛇笏

前書によると蛇笏家で働いていた人の母親の死に臨んでの作。死体の上を吹く秋風は臨終の席の生者にも吹いている。しかし、死者はその秋風で呼吸することはできない。鼻の穴の一点を強調したことで哀《かな》しみが増幅する。

昭和2年作

去るものは去りまた充《み》ちて秋の空　龍太

社会の中によくあることで団体・個人・自然ともに適合する内容の句である。難しいところはどこにもない。大事なことは秋の空で、高く大らかに澄みきって屈託がない。こんな人生観を持つところまで到達したいものである。

昭和53年作

秋分の時どり雨や荏《え》のしづく　蛇笏

時どりはあらかじめ時刻を定めること。今日は秋分の日で昼夜の長さが同じ。これから夜が長くなる。荏はエゴマの古名であるから、時間を定めたように降る秋分の日の雨が、荏の葉から雫《しずく》となって落ちている静寂な光景。

大正11年作

さびしさは秋の彼岸のみづすまし　龍太

いつとなく秋の彼岸へ入ってきた。暑さ寒さも彼岸までというが、故事にある気象のことわざの正確さに驚く。秋の深まる水面をくるくる回る水澄ましを見たとき、自然の摂理のもつ寂しさがわいてきたという季節への思いが深い作。

昭和52年作

旅人に行きそふ駄馬や葛《くず》の秋　蛇笏

前書に「郡内桂川原—そのかみ芭蕉も旅しける」とある。天和の江戸大火後、都留市谷村に芭蕉の流寓《りゅうぐう》したのが念頭にあっての作。葛の花が匂《にお》う中で、荷をつけた馬に添って歩き、谷村での芭蕉の馬の句を思い出したのである。

昭和3年作

川ひたと定まる秋の高嶺《たかね》かな　龍太

川の水も澄んできて流れもひたすらに定まってくる感じがする。定まるとは水量をはじめ秋の水の澄みも含まれての表現で、作者の心境におよぶ。その川の彼方《かなた》の高嶺には、初雪がぽつぽつ降る輝きがみえる。

昭和62年作

深山《しんざん》の風にうつろふ既望《きぼう》かな　蛇笏

中秋の満月が終わった十六夜を既望という。山深く入った境川村小黒坂の十六夜月が、風に吹かれて次第に移っていくようだ。既望の漢字を据《す》えたことにより格調が出て、深山を受け止めて揺るぎがない。まさに蛇笏調をなす一句。

昭和29年作

満月に嬰児《えいじ》を泣かせ通りたる　龍太

中秋の名月、十五夜である。なかなか泣きやまない赤子を抱いて外を行く人に、折からの満月が濡《ぬ》れるような月光を降りそそぐ。子を抱いているのはうら若い女性であろう。月光と泣く嬰児の声、静と動に詩情が湧《わ》く。

昭和26年作

草川のそよりともせぬ曼《まん》珠《じゅ》沙《しゃ》華《げ》　蛇笏

草川は蛇笏の造語であろうか。草が生えている川と解していいだろう。溝川や農村の畦川《あぜがわ》はまさに草川で、秋の日にそよりともしない。その川沿いに曼珠沙華が真っ赤に燃えている。秋闌《たけなわ》の澄み切った空の下が省略され余情をむすぶ。

昭和12年作

鰯《いわし》雲《ぐも》風《ふ》呂《ろ》沸けば父呼びにゆく　龍太

郷愁を呼ぶ家族のあり方が秘められている。風呂が沸き最初に入るのは父親ときめられていた。夕暮れの空はまだ明るく鰯雲が静かに流れている。裏の畑にいる父に風呂の沸いたのを告げる。その声に幸福感がしみている。

昭和48年作

三日月に余り乳《ち》すてる花卉《かき》のもと　蛇笏

この句の三日月は陰暦八月三日の月で、夕空にまゆの形で出てほんのりと輝く。現在より食料事情は悪かったが、母乳は弾けるように出た。鑑賞用の草木の根元に余って捨てる乳白色の母乳と、三日月に幽玄な美しさがある。

昭和9年作

星月夜こころ漂ふ藻のごとし　龍太

星月夜は秋の星空を讃《たた》えた言葉で、満天に星が輝き月のない夜でも明るく奥深い世界を醸すの意。そんな夜空を見上げるとき、わが心の動くさまは、水中に藻が揺れているようだと思う。見事に心象を目に見える句としている。

昭和61年作

ゆく雲にしばらくひそむ帰燕《きえん》かな　蛇笏

九月も下旬になると子育ての終わった燕《つばめ》が、南方に群れをなして帰る。空高く飛んで仲間を集めて帰っていく。眺めていると、燕の群れは流れる白雲のなかに少時間かくれ再び旅立つ。雲を得意とする蛇笏俳句の真骨頂が発揮される。

大正13年作

百姓のいのちの水のひややかに　龍太

作物の栽培にとって今も昔も水は大事なもの。ことに稲作にとって水は命である。秋も深まってくる朝夕は、冷ややかさを肌に感じる。百姓にとって水は掛け替えのない生命だとしみじみ思うのだが、川は冷ややかに流れるのみ。

昭和28年作

十月

戦死報秋の日くれてきたりけり　蛇笏

長男の戦死の公報が入ったのは、この年八月十六日。レイテ島上陸で戦死したのは昭和十九年十二月二十二日。十九年一月十日の応召であったので出征から戦死まで一年足らず。沈む日の中で公報を手にした慟哭《どうこく》がきこえてくる。

昭和22年作

蛇笏忌の目鼻と近む深山星《みやまぼし》　龍太

蛇笏の命日は十月三日。この月に入ればすぐである。それを目鼻と近むと表現して、三回忌の施主としての緊張感がのぞく。目鼻の言葉によって蛇笏の顔立ちにまでおよび、親と子とつながる俳句への道に、ひとしおの感慨がよる。

昭和39年作

誰《だれ》彼《かれ》もあらず一天自尊の秋　蛇笏

蛇笏最後の作でいわば辞世の句。いろいろな解釈もあるが、ここでは、何もかも秋の澄んだ季節。爽《さわ》やかで底抜けに明るいこの宇宙こそ誰彼のものではなく、天上天下の秋を知る人のものであると。まさに秋の蛇笏冥利《みょうり》の作。

昭和37年作

蛇笏忌や振つて小菊のしづく切り　龍太

十月三日は蛇笏先生の命日。墓参のため庭にある小菊を切ると、露がびっしりとついている。その雫《しずく》を振って切り束ねる。よく晴れた忌日の空と、小菊を供華にする動作が鮮明に見えてくる。そこに父への思いが爽《さわ》やかに伝わる秀句。

昭和46年作

山雲にかへす谺《こだま》やけらつゝき　蛇笏

けらつつきは啄木鳥《きつつき》の別称。くちばしで木をつつき食用の虫を捕ったり、巣をつくったりする音が、秋の澄んだ山の大気の中ではよく響く。山にたちこめる秋雲にその音が谺しており、啄木鳥が秋の季語であることを立証する作。

大正14年作

瘤《こぶ》つけて泣く子山盧忌《さんろき》晴れわたり　龍太

飯田蛇笏は昭和三十七年十月三日に他界した。この日は秋晴れの紺碧《こんぺき》の空が多い。幼子《おさなご》が転んで、額に瘤をつけて大きな声で泣いている。山盧忌は蛇笏忌のことだが、この句の場合は山盧忌であって平和な山村が彷彿《ほうふつ》とうかぶ。

昭和47年作

落し水田盧《たぶせ》のねむる闇夜《やみよ》かな　蛇笏

田盧は田で仕事をするための仮小屋。稲が実ると田の畦《あぜ》を切り、水を落として収穫の準備をする。田から落ちる水音が夜の闇にひびき、仮小屋は役目を終え安堵《あんど》の眠りにつく。田盧のねむるにこれまでの感謝の気持ちがのぞく。

昭和3年作

秋の夜の畳に山の蟇《ひきがえる》　龍太

秋分も過ぎてだいぶ夜も長くなり、外の物音もなくなった。広々とした家の青畳に裏山へ冬眠すべき蟇が、両脚を開いてどっしりと座っている。山麓《さんろく》の生活ではしばしば見るが、何か怪奇とユーモラスが混同した不思議な作。

昭和39年作

新《しん》榧《か》子《や》を干しひろげたる地べたかな　蛇笏

今年の榧《かや》の実が地に干されている景だが、地面のことを俗っぽさをこめて地べたと表現し、榧を古名の榧子と表し一句の風土感をたかめている。榧の実は昔から薬用、食用として使用され、甲州の祭での榧飴《かやあめ》は懐かしい。

昭和15年作

茸《たけ》山《やま》をいま明方の驟《しゅう》雨《う》過ぐ　龍太

茸《きのこ》のよく採れる山が茸山である。まだ夜明けになったばかりの茸山に大粒の雨が急に降って過ぎる。きっと茸がこの雨で多く出てくるだろう、と言外に匂《にお》わせている。若いころ茸採りの名人ときいているのがうなずける見事な作。

昭和59年作

はつ雁《かり》に几《き》帳《ちょう》のかげの色紙かな　蛇笏

暦の上でも雁の来る寒露の季節となっている。空を見あげると今年最初の雁が列をなし飛んでいた。几帳は衝立《ついたて》と理解すればよいであろう。几帳のかげに墨痕あざやかに書かれている色紙が見える。蛇笏二十五歳の王朝風な作。

明治43年作

つみとりてまことにかるき唐辛子　龍太

二十五歳の折の作。真っ赤に熟れ鳥の爪のように曲がった唐辛子はしわがよっている。摘みとると意外の軽さに驚く。この驚きが俳句の詩因となっている。手にして感じたことを的確に表現した初期の作で、まことにの表現が非凡。

昭和20年作

月しろのしばらくまある露むぐら　蛇笏

月しろは月が出ようとする前の空がしらんで明るくなること。秋の空は澄みわたり月の光も強いので、こうした現象がことに強く感じられる。露むぐらは草に露がつくことで、月の出を待っている草々の露の表情が美しい。

昭和16年作

奥甲斐の夜毎の月の猿《ましら》茸《たけ》　龍太

猿茸は猿の腰掛けのことで古木の幹などに腰掛けのような形をして生える。月光の明るく輝く中で猿茸は夜毎に大きくなっていくようだ。癌《がん》の特効薬などといわれ薬用になる。奥甲斐の独創的な言葉と猿茸の雰囲気はぴったりする。

昭和59年作

秋風やみだれてうすき雲の端　　蛇笏

この作は句集ではなく紀行文集『旅ゆく諷詠』の一冊に収めてある。「出盧《しゅつろ》（十月十三日）」と前書があり、足尾銅山を中心とした旅に出発する心境を秋風と雲に託して作っている。秋の季節感を通して心の機微にまでおよぶ名作。

昭和8年作

水澄みて四方《よも》に関ある甲斐の国　　龍太

四方を山で囲まれた甲斐ならではの作。どの方向から入国するにしても高い峰々にさえぎられる。関を関所と解釈しないで、さえぎり止めるものと解したい。秋の水の澄みに故郷への高潔感を読む人にもたらす珠玉作品。

昭和49年作

恋ごころより情こもる菊《きく》枕《まくら》　蛇笏

粋《いき》な夫人から自園の菊花をため作った菊枕を贈られ、その情を感じ作句したことが前書にある。恋心というより思いやりの情のこもった菊枕であり、句集『家郷の霧』に八句を収め、晩年の喜びの気持ちを伝える。

昭和27年作

迅《と》きものを鋭《と》き眼《め》が追ひてさはやかに　龍太

「山梨国体競技に句を求められて」と前書がある。境川村は自転車競技会場であった。秋の日差しの中で前を走っている者の背に鋭い眼を向けて追っていく。前者と後者の必死の闘いであり、そこに秋の爽《さわ》やかさが湧《わ》いてくる。

昭和61年作

たましひのしづかにうつる菊見かな　蛇笏

丹精を込めて作った菊がずらりと並び、見事な色彩と香りを放つ。菊花展の会場での作。この句に静寂さが漂うのは辺りに人がいないため。栽培した人の魂と観《み》ている人の魂が一体となる豊潤なひととき。そこに菊見の最高の雰囲気がある。

大正4年作

ヒメムカシヨモギの影が子の墓に　龍太

漢字では姫昔蓬で北アメリカ原産の帰化植物。明治以後の雑草で鉄道草、明治草などと呼ばれている。六歳で亡くなった子供のこと、この草の背丈の長さ、帰化植物であるなどがあり、片仮名表記で表して効果をあげている。

昭和52年作

むらさめに邯《かん》鄲《たん》の鳴く山の草　蛇笏

さっと降りすぐやむ雨の草むらで邯鄲の音色がきこえる。邯鄲は秋鳴く全身緑の虫で、夢みるような情のこもった鳴き声から多くの人に愛される。この名は中国故事の「邯鄲の夢」からきているという。繊細感のある美しい作。

昭和18年作

露深し清六個展見にゆかん　龍太

白根町の白根桃源美術館で「雲母」表紙絵を描いていた「のむら清六展」の開幕式があり参列する折の作。美術の秋で露のきらめく季節。この日は晴天で来賓の挨拶《あいさつ》もされた。「見にゆかん」に心のはずみがあり画伯への思いがこもる。

昭和58年作

音のして夜風のこぼす零余子《むかご》かな　蛇笏

零余子は山いもの葉のつけ根に秋に付く玉芽のこと。ころころした実のようなもので食用になる。晩秋になると夜風にもこぼれ落ちる音がして、冬の近づくわびしさがつのる。夜風にきくこの音には人生の哀愁が漂う。

昭和8年作

秋《しゅう》嶽《がく》ののび極まりてとどまれり　龍太

山梨県の周囲の高峰は春から夏にかけて背丈が伸びてくるように感じられる。それが新雪の降る秋の季節になると、伸びがぴたりと止まり、ここで極まったという印象をうける。秋の峰を人に見立てた擬人化表現の秀作。

昭和27年作

雨ふれば瀬はやくすみてくづれ簗《やな》　蛇笏

簗は川の流れを一つに集め竹や木を並べて魚を捕る仕掛けのこと。晩秋に入り漁期を過ぎると簗も崩れてもの寂しさが漂ってくる。降り注ぐ雨に川瀬の水も増すが、すぐに澄んで流れる。冬が近づくうら悲しい風景が見えてくる。

昭和16年作

故郷かな椎《しい》に礫《つぶて》を打てば散る　龍太

熟れた椎の実に小石を投げるとぽたぽた地面に落ちる。実は先がとがり卵円形で食用にもなる。多くの椎の実が落ちてきてこそ故郷だという。上の五音でかなと詠嘆し、木の実の落ちてくることにしみじみ故郷の自然を堪能《たんのう》する。

昭和57年作

樽《たる》あけて泡吹かれよる新酒かな　蛇笏

俳句は対象を見て発見を得て作るものだと教えている。この時季、早くも新酒が完成される。樽の蓋《ふた》を木槌《きづち》でこんこんとたたき開くと、新酒の芳純の香りが鼻をつく。立ち込める泡を吹いて木杓《きじゃく》でぐい呑《の》みに注ぐ。見事な実感を呼ぶ作。

大正11年作

病体になななめ光りす十三夜　龍太

今日は十三夜。旧暦の九月十三日で後の月という。豆名月《まめめいげつ》、栗名月《くりめい》などともいって季節の収穫物を月に供える。この句は蛇笏末弟俳人原濤の重患を見舞っての作。斜め光りの月光の把握に十三夜の季節感がきっちりと定まる。

昭和41年作

痩《や》せし身の眼《め》の生きるのみ秋の霜　蛇笏

痩せた体形に眼光の鋭さが蛇笏翁の風貌《ふうぼう》の特徴。俳句で対象と真剣勝負をする眼の力が感じられ、生き生きとした眼は人の心を見抜いた。そんな蛇笏自画像の作であり、バックにうっすらと白い晩秋の霜がきらめいている。

昭和30年作

吊《つり》鐘《がね》のなかの月日も柿の秋　龍太

鐘楼に吊《つ》られている大きな梵鐘《ぼんしょう》の表はだれも見るが、内側をのぞく人は少ない。そこには鐘が過ごしてきた歳月の暗さが染み付いている。柿がたわわに色づき甲斐の自然が最も明るい季節。その対比に深淵な思いが凝縮されている。

昭和44年作

刈るほどにやまかぜのたつ晩稲《おくて》かな　蛇笏

現在の稲刈りではこのような情感は湧《わ》かない。最後の晩稲を刈るころは秋も深み、吹く風も身にしみるような冷ややかさを持っている。刈るほどにそんな山風が吹く発見は、ただならない自然と人間の皮膜のような関係が表現されている。

昭和3年作

地に落ちし花びら闇《やみ》のきりぎりす　龍太

この年の秋、父蛇笏が亡くなっていることを考え鑑賞すると、闇の螽蟖《きりぎりす》の鳴き声が一段と寂しさを増す。地に落ちている花びらは百日紅《さるすべり》でも、芙蓉《ふよう》でもいい。花の落ちることに意味があり、その闇で鳴く螽蟖に悲しみを深くする。

昭和37年作

秋晩《おそ》く雲に紅さす巽《たつみ》空《ぞら》　蛇笏

晩秋の空に真白な雲が浮かび、その雲に夕あかねの紅が薄《うっす》らとさす。巽は昔の方向の呼称で南東の方角。境川村小黒坂からは富士山は見えないが、その方向にあたる。晩秋とせず秋晩くとして暮色の美しい季節感をあらわす。

昭和27年作

茸《たけ》の季のとどめの雨の夜明まで　龍太

ぼつぼつ茸《きのこ》採《と》りのシーズンも終わりに近くなり、昨日の大雨が今朝まで続き秋冷えが強く、これで茸も生えてこないであろう。この雨を「とどめの雨」と見事に喝破した表現はその地に住まないと得ることのできない血の通った言葉。

昭和60年作

山柿のひと葉もとめず雲の中　蛇笏

山柿の落葉は早く、真っ赤に熟れた小さな実だけが鈴なりに垂れている光景をよく見る。しかも雲の行き交う山中であってみれば、柿の赤さに目を奪われる。雲は蛇笏の守護神であり、その白さは純粋。この句にはそれがある。

昭和24年作

夕冷えの炉明りに宇野浩二伝　龍太

「夢と詩があって人生であり詩と夢があって文学である」――宇野浩二。たまらなく好きな言葉で、水上勉著『宇野浩二伝』の表紙裏にある。炉の炭火が赤々と燃え夕暮れの冷えが本を読む膝《ひざ》にもおよぶ。名著の内容を見事に表現した秀句。

昭和47年作

ゆく水に紅葉をいそぐ山祠《やまぼこら》　蛇笏

死を前にして発表した句で、まさに自然と人生が一体となった作。流れて行く水は源には帰らない故事を思い、しかもその川に沿った紅葉が水に映えて急ぐのを祠の神がみている。人生夢の如《ごと》しの感慨が読者の心にのこる。

昭和37年作

落葉踏む足音いづこにもあらず　龍太

「十月二十七日母死去十句」と前書のある最初の作。直接、悲しみの言葉を使っていないことに注目したい。いつも落葉を踏んで歩いていた母の足音がいまはない、という腹の底から絞り出した寂しさで、悲しみがじわっと増す。

昭和40年作

冷やかに人住める地の起伏あり　蛇笏

終戦から一年後、二人の子息が戦場から帰還しない憂愁の日が続く時期の作。朝夕は冷え冷えとする季節。国破れて山河ありの通り人々は大地に生きているが、そこには起伏もある。冷ややかな地の起伏に心境の発露が見える。

昭和21年作

夜叉神峠

ゆく秋の深山《みやま》に抱く子の重み　龍太

夜叉神隧道《やしゃじんずいどう》が開き南アルプス連峰を目の前にしたときの作。飯野燦雨の案内で蛇笏・龍太・秀實の三世代が芦安村を訪れた。抱く子の重みはこのとき四歳の長男秀實を真暗な開通前の隧道で抱いて抜けた折。白根三山の真白な秋雪が深山に輝く。

昭和31年作

十一月

十二月

畑火《はたび》よりにほひほのぼの藷《いも》焼けぬ　蛇笏

戦時中の作であるからサツマ藷の焼ける匂《にお》いは、ことに心温まるものがある。十一月に入ると畑仕事も一段落し、藁《わら》くず、桑の枯株、豆殻の類を畑で燃す。その下に藷を入れて焼く。ほのぼのに作者の思いがこもる。

昭和18年作

うそ寒の口にふくみて小骨とる　龍太

うそ寒は秋が深まり朝夕寒さが肌に感じられる感覚的な言葉。魚の身を口に入れると小骨があり、それを舌で探してとる。そんな経験はだれも持っているのではあるまいか。俳句の素材がどんなところにもあることを教えられる。

昭和49年作

四方《よも》の嶺々《ねね》雪すこし被《き》て文化の日　蛇笏

年によって初冠雪は遅れるが、十一月になると富士山、白根三山、駒ケ岳、八ケ岳などの四方の高峰は雪を薄くまとい冬支度がはじまる。文化の日は晴天の日が多く、盆地から眺めるこの日の山々は声をあげたくなるほど美しい。

昭和28年作

月暈《つきがさ》のうす紅さして冬迫る　龍太

月暈は月の周囲に出る光の輪で、暈がかかると近く雨が降るといわれている。この暈に月光がさしうすい紅色となる。月が澄み冬が近くなると、ことに鮮やかに見える。自然の節理を肌理細《きめこま》かく表した印象深い作。

昭和25年作

ゆく秋や石榻《せきとう》による身の力　蛇笏

石榻は石の腰掛けや、石の寝台のこと。この句の場合は腰掛けと解していいだろう。涼しかった石榻は、秋の去っていく季節になるとさむざむとして、寄せる身におのずと力が入る。漢詩を好んでいた蛇笏三十二歳の作。

大正６年作

ひえびえとなすこと溜《たま》る山の影　龍太

立冬が近くなると山影もくっきりとして冷え冷えとしてくる。冬が顔を出し今年も残り少ない感慨がわく。ふと、終わらせなくてはならない仕事が溜まっていることに気付く。季節を通して心の動きを鮮やかに浮きたたせる。

昭和35年作

吹き降りの淵ながれ出る木の実かな　蛇笏

椎《しい》も櫟《くぬぎ》の実も敷きつめるほど落ちる季節。川の淵に沈んでいた木の実も吹き降りの雨で流れ出している。よく見ていなければ淵を流れ出す木の実を発見することはできない。対象を見ることが大事であることを示す作。

昭和3年作

厭《いや》な風出て来し山の木の実かな　龍太

厭な風という表現にこの句の重要な部分がある。秋を押しつぶすように冬に移って行く風が出て来て、山の木の実を落としてゆく。厭世《えんせい》は世をいとうこと。しかし、木の実の輝きに厭な風を払拭《ふっしょく》する季節の明るさを底に感じる。

平成2年作

冬に入る空のけんらん日々ふかく　蛇笏

暦のうえでは立冬の日から冬となり、朝や夜は手足に冷えが感じられる。しかし、空はきらびやかに澄んで、はなやかで美しい。まさに、けんらん豪華。よく晴れた立冬の空の下は、青く深い海の底にいるような気がしてくる。

昭和22年作

諸樹《もろき》みな冬迎へんと雲に入る　龍太

落葉する木もしない木も伸び切っていよいよ冬を迎えるたたずまい。山を流れる霧のなかへ樹木がかくれてゆく。そんな山霧は遠くから眺めると雲に見える。五七五のリズムのなかで諸樹の措辞が句を強くし、的確に季節感を表す。

昭和43年作

凪《な》ぎわたる地はうす眼《め》して冬に入る　蛇笏

自然と一体になっていなければこんな見事な発想はできない。風のない大地は立冬になったばかりで、まだ薄目をしているようだ。あと十数日もすると冬が本格的となり大地は完全の眠りにつく。うす眼の表現に蛇笏俳句の本領がある。

昭和27年作

柚《ゆ》子《ず》打つや遠き群《むら》嶺《ね》も香にまみれ　龍太

家庭用の柚子の実は枝に刺《とげ》が多いので竿《さお》でたたいて落とす。辺りに芳香が満ち、遠くに聳《そび》える山々まで柚子の香にまみれていくようだ。もちろんよく晴れた静かな日。増穂町高下の柚子も黄金色の収穫期。読後にさわやかな幸福感がのこる。

昭和48年作

しぐれ忌の燈《ひ》をそのままに枕《まくら》もと　蛇笏

前書に「芭蕉頌二百五十年祭にあたりて」とある。しぐれ忌とは芭蕉忌のこと。元禄七年十月十二日大阪で逝去。それから二百五十年目の芭蕉忌を迎え、枕もとに読書の燈をつけたまま、芭蕉以来の俳諧の歩みをじっと考える。

昭和18年作

白雲のうしろはるけき小春かな　龍太

小春は旧暦十月のこと。新暦では十一月八日から十二月七日まで。この季節は風が少なく春のように暖かい晴天の日が続く。ぽっかりと真っ白な雲が遙《はる》かに浮かぶ。うしろの表現で雲だけでなく過ぎた歳月の遙かさが加わる。

昭和60年作

冬の日のこの土太古の匂《にお》ひかな　蛇笏

いま踏み締めている地に燦々《さんさん》と冬の太陽がそそぎ、そこから大昔の匂いを感じとった。太古は二十五億年以前をさす始生代とのこと。春でも夏でも秋でもない冬の穏やかな日でなければこの太古の匂いはない。鋭敏な感性を内に秘めた作。

大正2年作

神無月飴《あめ》いろなして火吹竹　龍太

神無月は陰暦十月の異称で現代の十一月。神々が出雲大社に集合し、どこの神も留守になるという意味をもつ。風呂の恋しい季節に火吹竹が飴色をして転がっている。神無月の古称と火吹竹の飴色に古きよき時代の美しさがよみがえる。

昭和62年作

冬《ふゆ》鵙《もず》のゆるやかに尾をふれるのみ　蛇笏

鵙が秋の季語になっているのは、この季に鋭い声で鳴くから。留鳥であるので冬にも鵙をみるが鳴くことは少ない。尾を上下に振るのはこの鳥の性質だそうだ。小鳥であるのに肉食。写実の完璧《かんぺき》な作であり、最後の「のみ」で余韻が広がる。

昭和13年作

短日やこころ澄まねば山澄まず　龍太

十一月も半ばになると、めっきりと日が短くなったことに気がつく。そして、山々もどっしりと存在感を示して澄む。だが、心に憂いがあるときは、山も澄んでは見えない。人の気持ちのあり方で自然の姿も変わって見えてくる。

昭和49年作

冬川に出て何を見る人の妻　　蛇笏

冷たく澄んだ川の水が、冬になり水量が減り細くなる。川の石もごつごつと現れてくる。そんな川でこの女性は一体何を見つめているのだ。しかも、人の妻により背景の冬川の情感とあいまって、女の悲しみが広がってくる。

昭和30年作

地に落す音の目出たき柚《ゆ》の実かな　　龍太

黄色く輝く柚子《ゆず》の実は、柿や林檎《りんご》と違って皮が厚いので、地へ落ちるときの音も切羽詰まったものでなく、何か目出たさのあるポアンとした音。この目出たきに、龍太俳句の対象と一体となった創作精神を感じる。

平成3年作

一《ひと》碗《わん》のおぼえある墓地冬かすむ　蛇笏

せとものの碗が墓に置いてあり、この模様はたしかに見覚えがある。いや、絵柄ではなく焼きものの特徴であったのかもしれない。静かな日和で、遠くの山々は冬がすみに包まれている。見覚えの一碗の発見が句を深くする。

昭和20年作

いつとなく葡《ぶ》萄《どう》の国も冬の空　龍太

葡萄紅葉を高い場所から眺めると、他のもみじの赤や黄色より鮮やか。勝沼町ぶどうの丘が最適だが、いまや山梨県中葡萄は栽培されている。そんな国もいつしか落葉の季に入り冬の空。いつとなくの呟《つぶや》くような言葉に俳句の醍《だい》醐《ご》味《み》がある。

昭和56年作

鉄皿に葉巻のけむり梟《ふくろ》の夜　蛇笏

蛇笏俳句の一面にこうしたダンディーな感じを漂わせる句がある。鉄製の灰皿に置かれた葉巻煙草《たばこ》から、青白いけむりが揺れのぼる。屋外の樹《き》では梟がもの悲しく鳴き、柔らかな雰囲気の中で、何か起こりそうな夜を感じさせる。

昭和27年作

枯《かれ》蟷《とう》螂《ろう》に朗々の眼《まなこ》あり　龍太

蟷螂はカマキリで秋の季語。緑色の体が冬になると保護色の枯色に変化する。それが枯蟷螂。体は枯色だが目玉は緑のまま。まさに朗々と曇りがない。一匹の蟷螂の眼に思いを集中させ、堂々たる大きな句に仕上げ感銘をよぶ。

平成2年作

炉をひらく火の冷え〳〵と燃えにけり　蛇笏

暦のうえでは十一月十九日が炉開きの日。現在の家庭からは消えてしまったが、昭和初期の山村であれば家々の冬の中心は炉であった。炉に燃える火はまだ灰に馴染《なじ》まず冷え冷えとした感じ。火の冷えの着眼点に蛇笏俳句の鋭い感性が見える。

昭和10年作

返り花風吹くたびに夕日澄み　龍太

小春日和が続くと、桜やつつじなどが季節はずれの花を咲かせる。それが返り花で、狂い咲き、二度咲きなどと言って、何か弱々しく淡い感じがする。風が吹くたびに夕日は澄んでくる。そんな日に返り花が頼りなく咲いている。

昭和46年作

掃《は》き了《お》へて落葉をとむる箒《ほうき》かな　蛇笏

初冬の静寂さが読者の心をつつみ、こんな光景を過去に見た、と思い出す。解説することは何もなく、一読すると胸中に落ち着きが得られる。十七音のなかで難しい言葉はなく、自然と人間の溶け合った静寂さを醸す。

昭和36年作

波《は》郷《きょう》忌《き》や踏んで木の実の鳴る音も　龍太

石田波郷は昭和四十四年十一月二十一日に肺結核で亡くなった。俳句に人間性を求めた俳人。裏の雑木林に下駄《げた》を履き登っていくと、落葉の下で木の実の砕ける音がした。そうだ、今日は波郷忌だと気づくのは木の実が割れた音から。

昭和51年作

花八つ手蜂《はち》さむ〴〵と飛べるのみ　蛇笏

八つ手の木が家庭に多くあるのは、魔除《まよ》けと悪病除けの俗信からか。白い小花が丸い球になり、伸びた花茎に沢山《たくさん》つく。冬の蜂が八つ手の花に誘われ最後の力をしぼって飛び回っているが、その姿は寒々として哀れな感じがする。

昭和11年作

強霜《こわじも》の富士や力を裾《すそ》までも　龍太

富士が裾まで見えるのは河口湖、山中湖といった五湖の周辺であろう。郡内地方の霜は早く、今日は殊更に強く厳しい。霜柱も立っているその中に、富士山が裾まで力をこめてそばだっている。青年期の新鮮な気力が感じられる。

昭和28年作

死病得て爪うつくしき火桶かな　蛇笏

芥川龍之介が賛嘆し蛇笏との文通が取り交わされるようになった作。当時の肺結核は死病であり、しかも爪が美しいので妙齢な女性。この句に倣って龍之介は「癆痎《ろうがい》の頰《ほお》美しや冬帽子」と作る。その経緯を書いた手紙が山梨県立文学館に展示されている。大正4年作

遺書父になし母になし冬日向《ふゆひなた》　龍太

この年、十月二十七日母が逝去し、両親を他界に送る務めが終わる。振り返ると、父にも母にも遺書というものがなかったことを、冬日の中でふと思う。冬日向には身を包む温かさ懐かしさがあり、父母の葬儀を果たした充足感となる。昭和40年作

日短くつくづくいやなふかなさけ　蛇笏

あれこれと異性に付きまとわれ、断ることのできない場合だろう。日が短く師走も近く多忙で気ぜわしいのに、こちらの気持ちなど考えてもらえない深情けには、ほとほと困り抜いている。日短くの季語に余韻がのこる。

昭和23年作

葱《ねぎ》抜けば身の還《かえ》るべき地の香あり　龍太

霜が降りる季節になると葱が美味《おい》しくなる。その葱を抜くと土の香りがぷうんと鼻をつく。やがてはこの地の中に還って、土になるだろう身を振り返る。葱を抜いた土の匂《にお》いから死におよぶ飛躍の見事さに俳句の深さを感じる。

昭和55年作

冬といふもの流れつぐ深山川《みやまがわ》　蛇笏

深山の川はすでに落葉を浮かべ流れているだろうし、澄みきった流れもいつしか水量が少なくなる。こうした諸々《もろもろ》のことを冬と一括して表現した境地に瞠目《どうもく》する。一つ一つの事柄に触れず冬で処理し全身をもって読者に迫る。

昭和28年作

捨てられし仔猫《こねこ》に小春日和かな　龍太

小春日和は冬に入ってから、春のように暖かく風のない晴れた静かな日のこと。そんな日和に捨てられた仔猫が鳴いている。つい猫に手を出し、あやしたくなるような愛情が感じられるのは、小春日和の持つ穏やかさからくる。

昭和44年作

日《ひ》象《がたち》と雪山ふかく水かがみ　蛇笏

前書に「河口湖にて」とある。してみるとこの雪山は富士山で、河口湖は波が静かな水鏡となっている。湖に逆さ富士となった霊峰が鮮やかに映る。日象は太陽の形ということで、逆さ富士のわきには太陽がきらめき映っている。

昭和24年作

山河はや冬かがやきて位に即けり　龍太

師走も近くなると新雪に周囲の高峰は輝く。最も強い光を放つのは富嶽《ふがく》である。また富士川も笛吹川もきらめく冬の流れ。そんな甲斐の山河は冬の場所を得て、満目蕭条《まんもくしょうじょう》たる自然のたたずまいにつく。山国ならではの作。

昭和28年作

鷹舞うて神座《じんざ》の高嶺《たかね》しぐれそむ　蛇笏

註に「神座山はわが郷《さと》東南の天に聳《そび》ゆ」とある。この山は神が天降る峰との伝もある信仰の山。いま山頂に時雨が移ってくるが、あたかも舞っている鷹が先導してきているようだと。格調に高さがあり蛇笏俳句ならではの作。

昭和14年作

百姓の冬の洗面大きな音　龍太

農夫の節高い大きな掌《て》で、冷たい水を洗面器いっぱいに入れ顔を洗う音が、あたり一面にひびく。健康の証《あかし》でもあり、これこそ百姓の今日を生きる決意の音でもあるようだ。真実を描写したなかに、明日への力がわく三十三歳の作。

昭和28年作

冬ぬくく富士に鳶《とび》啼《な》く山中湖　蛇笏

今年の冬は何か暖かいように思える。十一月も今日で終わり明日から師走になるが、暖冬の傾向が進んでいる。くっきり晴れた富士山は雪景色。空には鳶が鳴き穏やかな日だ。山中湖は夏の喧騒《けんそう》が嘘《うそ》のように鎮まり、静かに暮れてゆく。

昭和29年作

釣りあげし鮠《はや》に水の香初しぐれ　龍太

釣りの名手でなければ作れない作。きっと笛吹川での遊び釣りであろう。獲物の鮠にそんな感じがし、川魚の強い臭いもしてくる。今年はじめての時雨のなかで、釣りあげた鮠に水の香りを感じた。その把握に詩情が濃い。

昭和49年作

十二月

一《いち》蓮《れん》寺《じ》水べの神楽小夜更けぬ　蛇笏

前書に「遊亀公園」とあるので、甲府市立動物園の前庭内で催された夜神楽。神楽は十二月吉日に行われるので冬の季。一蓮寺近くの池沿いの舞台で夜神楽を観《み》ての作。神韻とした夜神楽と寺の取り合わせが面白く心に残る。

昭和13年作

田を移るたびに北風つよき谷　龍太

山峡に点在する田圃《たんぼ》の木枯《こがらし》は、まさにこの句のような感じをうける。それが谷に沿った棚田であれば、田を移るたび風に足がすくむ。この移るたびの表現に、風土への的確な眼《め》があり、季節の摂理を完璧《かんぺき》にとらえた力がある。

昭和39年作

冬晴や伐れば高枝《たかえ》のどうと墜《お》つ　蛇笏

風もない晴れた静かな日の作である。正月も近く大きな木の枝を伐り日当たりをよくする。その伐った枝が飛行機でも墜落したかのように、どうと大音響をたてて地上に跳ねる。的確な写実の深みを、冬晴やの詠嘆で表現している。

大正14年作

落葉降る隣国信濃すこし見え　龍太

落葉が降っているのは目の前のこと。隣県の長野が見えるのは、境川村から眺めた諏訪口の遠景。隣国信濃と古名で表したのは、落葉降るの抒情に一線をひいて、風景を大きくしたなかで俳句を高揚させ、読者に夢を与える。

平成2年作

燃えたけてほむらはなるゝ焚火《たきび》かな　蛇笏

焚火が激しく燃えあがり炎が一瞬火から離れて中空にとどまる。蛇笏俳句が求めてきた霊的に表現する神髄をそこに見た。燃え狂った焚火の炎を見つめていなければ、焚火の魂とでもいうべき現象を把握することはできない。

昭和3年作

冬の雲生後三日の仔《こ》牛《うし》立つ　龍太

牛が出産して三日目になると、もう仔牛が自力で立ちあがった。人間と比較して何と生命力が強く、自発的であろうと感じる。冬の雲が冷え冷えと覆うなかで、その暗さをはね除《の》ける生後三日の仔牛に拍手を送りたくなる作。

昭和50年作

炉ほとりの甕《かめ》に澄む日や十二月　蛇笏

明治時代の作であるから、家のなかの炉は勝手場近くにあり甕に水が満々と入っている。折からの太陽の光が甕の水にとどく。十二月の季節感が、厨房《ちゅうぼう》にまで入ってくる日の光のなかに表され、師走の家の中が鮮明に見えてくる。

明治42年作

万両や着丈合ひたる借《か》衣《い》裳《しょう》　龍太

正月近くになると、真っ赤な実が鮮やかに熟す万両は、千両と共々めでたい常緑低木。してみると、借衣裳は結婚式のような祝いのため。しかも、着丈もぴったり合って気持ちがいい。万両やの措辞が象徴の広がりをもつ。

昭和48年作

冬暖の笹とび生えて桃畑　蛇笏

暖かい冬は最近の現象ばかりではなく大正十三年にもあった。この時代に桃畑があり、笹がとびとびに生えてきているのは開墾した畑。俳句でこうした事実も知ることができる。自然を正確に写生して俳句を作ることも大事である。

大正13年作

雪《ゆき》吊《づ》りの縄の香に憑《つ》く夕明り　龍太

境川村龍太生家の庭の赤松はもう二百年は過ぎている。その松に毎年枝を保護する雪吊りを行う。雪吊りの新しい香りに冬の夕明かりがもたれているようだと感じる。八方に垂れる雪吊り縄の美しさが夕明かりに匂《にお》いたつ。

昭和52年作

兵の子を炉に抱く霜夜いかにせん　蛇笏

この句に次の前書がある。「レイテ戦線の鵬生生死不明」。鵬生は蛇笏長男の俳句の雅号。終戦となり霜の降るころになっても長男の生死は不明。その子供を炉端で抱き、これからいかにするかの苦悩の底に、悲しみがこもる。

昭和20年作

蓮《はす》掘りしあととめどなく雨の音　龍太

泥田の中で蓮を掘るのは重労働である。蓮掘りは葉が枯れてから収穫すると、味もよくなり収量も多くなるといわれる。大変な蓮掘り作業も終わり、ほっとしているところに雨が本降りとなる。蓮田の水に雨音が高くなる。

平成3年作

日にようて茶の花をかぐ命かな　蛇笏

暖かな冬日の中で頬《ほお》を染め、酒を飲んだときのような上気を鎮めるために、茶の花の匂《にお》いをかぐ。清涼感のするよい香りに生きていることへの喜びが湧《わ》きあがってくる。命かなと詠嘆した蛇笏四十一歳の感慨に浸る。

大正15年作

臘《ろう》八《はち》会《え》素早く暮れて槻《つき》の枝　龍太

臘八会は十二月八日に釈迦が、成道《じょうどう》を極めた日を記念して行う法会のこと。槻は欅《けやき》の古名。このころになると太陽もたちまち山に沈み槻の枝だけが、空に黒々と見えている。寺からは釈迦の難行苦行を偲《しの》ぶ祈りの声がもれてくる。

昭和51年作

極月や雪山星をいたゞきて　蛇笏

極月は師走や臘月《ろうげつ》と同じで十二月の別称。極月という言葉には年末のあわただしさと同時に、緊迫した響きが感じられる。雪山は月光の中で白々とそびえ、その上には星が冴《さ》えてきらめき、勲章でもいただいたような感じがする。

大正8年作

漱石忌睡《ねむ》気《げ》な山に寺ひとつ　龍太

夏目漱石は大正五年の十二月九日五十歳で亡くなった。正岡子規を知り、松山中学教師時代に俳句を本格的に学んだ。冬の日が溜《た》まっている静かな山は眠りにつく前。漱石忌をそんな山中の寺で偲《しの》ぶ。睡気な山の持つ季節感が素晴らしい。

昭和60年作

冬《ふゆ》薔《そう》薇《び》土の香たかくなりにけり　蛇笏

冬のバラは蕾《つぼみ》が固くなかなか開かないが、いったん咲くと長く咲いている。香りは淡いが寒さに耐えて開く底力がある。そんな冬バラが咲いているのだが、バラの香りに交じって土の匂《にお》いが漂ってくる。鮮烈に咲く冬バラに愛惜がにじむ。

昭和12年作

木《こ》枯《がらし》やだらりとさがる象の鼻　龍太

木を枯らしてしまうほどの、初冬の冷たく強い北風を木枯と呼ぶ。動物園も人はまばらで、象の鼻も元気なくさがっているだけ。象の小さな目は恨めしいように南方を見つめている。だらりとさがるに象の哀れさが伝わってくる。

平成3年作

黒坂やしぐれ葬《はふり》の一つ鐘　蛇笏

境川村小黒坂の上に大黒坂があり、黒坂と呼ぶ場合は大黒坂のニュアンスが強い。時雨の降っている葬列が寺に着くと、鐘が一つ鳴る。「葬の一つ鐘」はその地に長く住んでいなければ、表現できない風土感のある言葉。

昭和3年作

十二月注射跡から血を噴いて　龍太

十二月は一年の最終月で緊迫感をおぼえる。それに日照時間の最も短い月であるからあわただしさもある。検査であろうか、風邪のためか、腕に注射したあとから血が噴き出している。血の赤さが十二月の感覚を絶対的にする。

昭和45年作

冬《ふゆ》渓《たに》をこゆる兎《うさぎ》に山の月　蛇笏

落葉をつくした裏の渓谷を一匹の白兎が跳んでゆく。山には冬の月が輝きはじめ、兎の白さが矢のように跳ぶ光景が鮮やかに見えた。まだ雪のない枯葉の上を音たてて跳ぶ白兎に、昼のような明るさで月が照る。大家の静寂なる風韻。

昭和28年作

鶏《とり》毟《むし》るべく冬川に出《い》でにけり　龍太

かつて鶏は各家庭で毛をむしり解体料理した。川に出て鶏の毛をつかんで引き抜くと折からの北風に羽毛が飛んでゆく。冬になると川の水量が細くなり、夕闇《ゆうやみ》がたちまち迫る。戦後間もない日本の農村風景がそこにある。

昭和24年作

富士の野は伏屋《ふせや》の障子月ぞ照る　蛇笏

障子は日本独特な美しさをもつ建具で俳句では冬の季語。伏屋は低く小さな家の意。富士の裾野《すその》を照らす月は皓々《こうこう》と白障子におよぶ。広大な富士の枯野に一軒ぽつんとある家のようで、幽玄な世界に導かれていく感じの作。

昭和16年作

短日の胸厚き山四方《よも》に充つ　龍太

午後四時には日が入るので昼から四時間半で暗くなる短日の季節。甲斐の山々は四方に聳《そび》え、角界の力士のように胸が厚いと思う。短日であるだけに山々もきりっと胸を張っている感じ。それを実感のある比喩《ひゆ》で見事に表現した。

昭和39年作

さむざむと日輪あそぶ冬至かな　蛇笏

冬至は昼の時間が短く、夜は最も長い日であり、柚子風呂《ゆずぶろ》に入浴したり、粥《かゆ》を食べたり南瓜《かぼちゃ》を食べる風習がある。空はさむく太陽は短い昼を惜しむように輝きあそんでいるようだ。冬至の詠嘆に余韻が深まり、正月前の静寂さがわく。

昭和17年作

しぐれつつ油《あぶら》煠《いた》めも必死にて　龍太

外は時雨が静かに降っている。家のなかでは油で肉を揚げる音か、それとも野菜をいためる音か、パリパリとひびく。炒《いた》めよりも煠めの方が油が多い感じがする。それを必死と表現したのは、料理を男性がしている場合であろう。

昭和49年作

行く年や冥土《めいど》の花のうつる水　　蛇笏

「昭和四年十二月二十日画伯岸田劉生氏を深悼す」の前書がある。劉生は昭和二年一月号から六月号までの「雲母」の表紙絵を担当し、俳句作品も発表している。その死を悼んでの作で、冥土に咲いている蓮《はす》を、年末の地上の水に感じての作。

昭和5年作

老いの手を見せ合ふてゐる冬至空　　龍太

今日は冬至、一年中で昼の時間が最も短い日。柚子湯《ゆずゆ》に入り南瓜《かぼちゃ》を食べる風習は今も続いている。日だまりに老人が集まり冬至の空の光に手をかざして見せ合う。もう今年も残り少なく、これまで働いてきた手をしみじみと見る一刻。

昭和52年作

冬の風人生誤算なからんや　蛇笏

俳句を文学たらしめんと、人生いかに生くべきかを作品の中で問い続けてきたのが、蛇笏俳句の神髄であり、そこに生涯をかけてきた。その人生に誤算なんかあるべきはずはないが、冬の北風がふとわびしさをもたらした。

昭和29年作

去る年の種子盆にあるしづかな日　龍太

今年もあと一週間をあますのみ。静かな日差しが、胸にしみじみとしたものをのこす。盆の器には種子が入っている。神に祈りを捧《ささ》げるための稲籾《いなもみ》のようでもある。年の暮れであるが、不思議に音のない日だ。その種子から目が離れない。

昭和43年作

聖《せい》樹《じゅ》灯《とも》り水のごとくに月夜かな　蛇笏

聖樹はクリスマスの飾りで主に樅《もみ》の木を使用する。現在は各家庭で聖樹を飾ったりするが、この句の当時は概《おおむ》ね教会であったろう。聖樹に豆電球がきらめきともると、月光が水のようにくまなくさす。これこそ静けき祈りの聖夜。

昭和11年作

ふるさとの橋のかずかず師走かな　龍太

笛吹川を越えて境川村に入る橋は笛吹橋、蛍見橋、中道橋、桃林橋などのほか多くある。師走ともなればどの橋の上もあわただしく自動車が往き来する。橋は交通の要であり思い出も多い。その思いを橋のかずかずが表す。

昭和50年作

冬の蟇《ひき》川にはなてば泳ぎけり　蛇笏

蟇《ひきがえる》は皮膚いっぱいにいぼがあり動作のにぶい大型の蛙《かえる》。ガマとも呼ぶ。冬眠の蟇が農耕時などに掘り起こされ、下肢をつかみ川に放つ。沈むだろうと思っていたのに泳いでいる。その驚きが生命力豊かに表現された非凡な作。

昭和13年作

冬《ふゆ》日向《ひなた》兄に短かき故郷の日　龍太

三人の兄の死は三人とも二十代の死である。大学に行っているので故郷で暮らした日は短い歳月であった。冬晴れの風のない日向には、何か昔を思い出させる暖かさがある。しみじみとした感慨が、冬日向の柔らかさのなかに溶けてゆく。

昭和43年作

たまきはるいのちをうたにふゆごもり　蛇笏

「たまきはる」は命にかかる言葉で、『万葉集』にも登場しているという。命の枕詞《まくらことば》である。冬の寒さで家にこもっているが、命をこめた俳句を作る志は衰えていない、という蛇笏の真骨頂を平仮名だけで表している。

昭和25年作

諏訪口《すわぐち》をうしろに冬の真竹割り　龍太

八ケ岳西端と駒ケ岳の間が、ぽっかりと空いている。そこが諏訪口で境川村からよく見える。裏の竹林から垣にすべく、伐《き》った真竹を二つに割る。その後には遙《はる》か諏訪口の青空が浮かび上がって、真竹の緑を美しくする。

昭和47年作

しら雲に鷹まふ岳の年惜しむ　蛇笏

いよいよ年の瀬となり道を行く人も何か足早な感じがする。空を見あげると白雲が山脈の上にかかっている。雲を通り過ぎるように鷹が舞っている静かな日。今年もいろいろなことがあったと感慨深く回顧し、ゆく年を惜しむ。

昭和11年作

野老《ところ》掘り山々は丈あらそはず　龍太

野老は正月飾りの山芋科の植物。芋に髭《ひげ》があり翁の姿にたとえられる。山に自生し深く掘らないと折らずに収穫できず、長いほど縁起がいい。掘っている腰を伸ばすと山々は丈など争わず平然としている。もうすぐ新年。静かに日が沈む。

昭和50年作

父祖の地に闇《やみ》のしづまる大晦日《おおみそか》　蛇笏

祖先からの起伏ある山麓《さんろく》の地にいよいよ今年の終わる除夜の闇が、静かに濃くなってくる。父祖の地という言葉に甲斐の時代、いや縄文時代から連綿と続いてきた印象があり、背後には晩年に入った孤愁感が闇に漂っている。

昭和26年作

山寒し年改まる三日前　龍太

正月の来る日を指折り数えるように今年も詰まる。気がつくともう三日すると昭和三十三年も終わり、来年の誕生日は三十九歳。そんな思いに周囲の山々を眺めると寒さが一段と加わる。事実だけを表現し身が引き締まる作。

昭和33年作

除夜の鐘幾谷こゆる雪の闇《やみ》　蛇笏

前書に「身延山除夜」とある。この年は久遠寺で除夜の鐘を聴いたのであろう。幾つかの谷を越えて響いてゆく鐘の音は、戦線にいる二人の子が消息不明であるから心をえぐるばかり。その思いが、雪の闇にこめられている。

昭和21年作

餅《もち》搗《つき》のあと天上の紺に溶け　龍太

各家庭での餅搗が少なくなり、年末の心地よい杵《きね》の音をきくことがまれになった。この句は賃餅ではなく、庭に臼《うす》を据《す》えて家族総出の餅搗。作業の終わった空は紺碧《こんぺき》に澄み、年を惜しむ法悦感が、餅搗後の五体に溶けていく。

昭和47年作

真清水の泡立ちいそぐ年の暮　　龍太

真清水はわき出している水の美称。岩間などにわく水が、川に落ち泡を立て流れてゆく。それが、年の暮であるから緊迫感があり、泡立ち急ぐの実景を把握した確かさが、読後に流水源に返らずのたとえを心にもたらす。

昭和43年作

あとがき

平成十一年一月から同十二年十二月まで、山梨日日新聞に飯田蛇笏・龍太両先生の俳句を、「四季の一句」というタイトルで概ね百字で紹介してきた。ここで掲載した俳句は両先生のほんの一部の四百八十九句にすぎないが、多くの代表作も含まれている。しかも、山梨県内で作句したと思われる俳句ばかりである。

昭和四十二年角川文化振興財団が、俳句界の最高の業績をたたえるために、蛇笏賞を設定し今年で第三十五回となる。龍太先生は昭和五十九年日本芸術院会員に任命され、山梨県下では唯一の人。そんな両師の俳句を多くの方々に知っていただく機会を与えられたことに感謝したい。また執筆と出版にあたり山梨日日新聞の信田一信氏をはじめ文化部の人に大変お世話になったことを、厚く御礼を申し上げる。

平成十三年四月

福田甲子雄

■著者略歴

福田　甲子雄　ふくだ・きねお

俳人。昭和２年、山梨県飯野生まれ。22年より俳誌「雲母」に拠って作句をはじめ、飯田蛇笏・龍太父子に師事。38年から平成４年の終刊まで同誌の編集同人をつとめ、後「白露」同人。その間、昭和46年には第五回山廬賞を受賞。また平成14年には第26回野口賞（芸術・文化部門）を、16年には第38回蛇笏賞を受賞した。句集に『藁火』（雲母社）『青蟬』（牧羊社）『白根山麓』（角川書店）『山の風』（富士見書房）『盆地の灯』（角川書店）『草虱』（花神社）『師の掌』（角川書店）、評論・鑑賞に『飯田龍太』（立風書房）『龍太俳句365日』（梅里書房）『飯田蛇笏』（蝸牛社）『飯田龍太の四季』（富士見書房）『蛇笏・龍太の旅心』『蛇笏・龍太の希求』（以上、山梨日日新聞社）『忘れられない名句』（毎日新聞社）、入門書に『肌を通して覚える俳句』（朝日新聞社）など。平成17年４月、死去。

蛇笏・龍太の山河　四季の一句

2001年６月11日　第１刷発行
2014年３月31日　第４刷発行

編著者　福田　甲子雄
発　行　山梨日日新聞社
〒400-8515　甲府市北口二丁目6-10
TEL　055-231-3105

ISBN978-4-89710-710-3
定価はカバーに表示してあります。